U0112289

报告文学

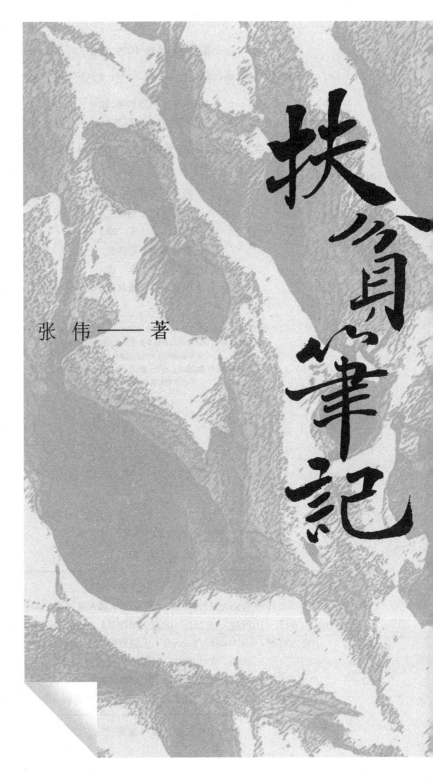

扶贫笔记

张 伟——著

时代文艺出版社

图书在版编目（CIP）数据

扶贫笔记 / 张伟著编．—长春：时代文艺出版社，2019.9

ISBN 978-7-5387-6150-4

Ⅰ. ①扶… Ⅱ. ①张… Ⅲ. ①随笔－作品集－中国－当代 Ⅳ. ①I267.1

中国版本图书馆CIP数据核字（2019）第184020号

出 品 人　陈　琛

产品总监　邓淑杰

责任编辑　王　峰

封面题字　景喜猷

装帧设计　李　斌

排版制作　隋淑凤

扶贫笔记

张伟　著

出版发行 / 时代文艺出版社

地址 / 长春市福祉大路5788号　龙腾国际大厦A座15层　邮编 / 130118

总编办 / 0431-81629751　发行部 / 0431-81629755　北京开发部 / 010-63108163

官方微博 / weibo.com / tlapress　天猫旗舰店 / sdwycbsgf.tmall.com

印刷 / 吉林省吉广国际广告股份有限公司

开本 / 660mm×940mm　1 / 16　字数 / 122千字　印张 / 12.25

版次 / 2019年9月第1版　印次 / 2019年9月第1次印刷　定价 / 48.00元

目 录

第四部分　回望故乡

奔 赴 长 发

东辽河流域的自然屯落大多是"闯关东"时期开拓而成,屯落取名都有一定的规律性。其中最多的是以宗族势力形成的屯落,按姓氏取名,比如"张家街""王家沟""刘家馆"。其次是以自然地理特征命名,比如"四棵树""靠山屯""柳树营"。这两种命名方式简单直白,是因为最早那批"闯关东"的祖先,在关里是底层劳动者,没多少文化。

还有一种比较先进的命名方式,比如"富裕""永吉"等,给屯落赋予一种愿望,给后人留下一份祝福和期许,较之前面的两种命名形式,这种命名更文化一些。

在吉林省梨树县的最北端,就有一个这样的村落——长发。

按说,"长发"和"贫困"是两个矛盾的词汇,不该组合到一起,"长发"怎么成"贫困"?"贫困"怎么会"长发"？仔细品哂，原来，两个词汇，前一个属于精神意愿，后一个属于物理现象。

我第一次去长发是2017年年初，春节将近，我们送文化下乡，我力主选择最偏远最贫困的地方，县里就给我们推荐了长发。轿车从小宽乡继续北进，向乡人问路，乡人指了指，又嘱托，有集，车过不去。听说有集市，觉得不会太落后，李斯说"齐兴于市起于集，赵衰于卜亡于兵"，把集市同国家兴衰联系到一起，而且，长发的集市"堵车"，那一定是很繁华的了。到了村口才发现，我的期许是那么脆弱，七八个摊位，小贩像是把一年的困倦带到了集市，零下三十度的寒气也不能把他们冷出精气神，风干的秋子梨像被抽出内瓤的瘪虫子，几条断了尾巴的青鱼也像被打了蜡。七个或者八个顾客用草绳系着两卷烧纸，也都满脸倦意地在集市上散步。果然堵车，摊位摆在了路面上，贩子们根本就不屑轿车的存在，没有给车让路的意思，只能另寻路径。经指点，村牌子下有条小道，能拐过去，果然有村牌，只是字迹不清晰，看着像"长乏"。

后来"长乏"和我结缘，成了我单位包保的贫困村，也成了中国作家协会指派我"深入生活，扎根人民"定点村，免不了多次去那里，送钱送物送温暖，也送他们一个故事。这个故事是：有两个孩子，一个六岁，一个四岁，在城里工作的哥哥领着女友回家，两个孩子裸着屁股坐在土炕上，分食父亲从生产队马料中挑拣出的豆饼。这个场面让哥哥的女友打了个长长的寒噤，两人分手。后来一个孩子到市里工作，经常同哥哥的那位女友打交道，才知道当年他们分手的原因——是人家担心这么大的穷窟窿，什么时候能填满。可她怎么也不会想到，当年裸着屁股分食豆饼的两个土孩，现在一个是作家，一个是大学教授。

发财受穷都不过三辈子，没有"长发"，也没有"长乏"，多大的穷窟窿都有到底的时候。关键是，填窟窿，不仅需要耐心，更需要方法。小康路上一个都不能少，那是中国人民共同的奋斗目标，所以，我们携手攻坚。

心安是主人

长发村的四至是：东接五家户的田土，可遥望中国玉米之乡公主岭市。北抵东辽河，河道成了天然分界线。西邻孤家子垦区七里界，南面顶着满洲国时期修建的东北最大灌区。

按说，守着黄金玉米带，守着灌区，守着河流，这样的水土边栏，怎么说都算是"居善地"了。可惜的是，现实版的"善地"，却没能"长发"，不足两千人口，年人均收入在贫困线（三千五百元）以下的，竟然有八十余人。三千五百元，摞在一起，比筷子头还要细。

　　因老因病致贫，是贫困群落的普遍现象。相比于现象，长发村的贫困实际原因却是多元的，偏僻是一方面，而人均只有可怜的两亩二分耕地的资源配置，使得长发村即便是守着玉米带也产不出黄金，即便是守着"善地"也无法"长发"。

　　亩产一千八百斤玉米，两亩二分地产粮三千九百六十斤，每斤一块一毛钱，可拿到手三千九百元，刨去生产资料成本，剩余三千二百元。这是三年前玉米创历史的高价。

　　亩产一千八百斤玉米，每斤七毛五分钱（二〇一六年玉米价）。人均两亩地可拿到一千七百元，这是去年的收入。

　　三千二百元和一千七百元，最高的和最低的两组数字，随着玉米价格起落，最高点和最低点之间的落差，寒碜得可怜。而这寒碜的数字，"筷子头"直径的一半，却是农民一年的指望。

　　不能否认，随着现代农业的发展，老百姓的幸福指数有了很大提高，不似过去面朝黄土背朝天地春耕夏锄秋割，现在春种有机器，夏天不用铲不用蹚，秋天田头一站，整片玉米就被苞米贩子买走。农业科技水平提高带来生产方式改变，人们免于艰苦的田间劳作，问题是劳动方式改变了，收入有改变吗？就像长发村，收入并没提高，钞票数来数去也没有"筷子头"粗，村民也还是没能越过那条贫困线。

　　而即便收入是贫困线以上的，也不会有多大差异。这也是处于"线下"的王学忠老伴感言。王学忠原来并不贫困，除了两口人四亩四分地的收入以外，还有点庭院经济，二十几只大鹅，年产千枚鹅蛋，刨除饲料成本，净收入八百元，补充进土地收入里，就超过了那条线。可后来王学忠患脑血栓，治疗花钱不说，八百块钱的庭院经济也衰败了，也就坠入那条线以下。而她本人也患上腰肌劳损，日子一落千丈。但细想，那"千丈"和那条"线"的距离，也就是"筷子头"粗而已。由此可见，线上和线下，突破和降落何等简单；土地资源配置，对老百姓何等重要；长发村的脱贫，该何等艰难。

其实，两亩二分地，也是个不确定的数字。二十世纪农村土地联产承包，是要收地税的，大概平均每亩一百五十元，两亩二分地，要收三百三十元。为了少交地税，村里和农民合伙玩了个小狡猾，每人少报二分地，就能少交三十元。尽管省下了三十元，王学忠们却抱着每年少交三十元的满足，春去春又来地过着日子。可世事无常，后来不收地税了，还给直补，而且直补的额度远远大于地税，直补的年头也比收地税年头多。可因为那二分地有着不光彩的历史，想要纠正已经没了可能，只能算落不上户口的私生子，拿不到直补也没办法，谁让你当初图三十块钱的便宜呢？

八十岁的老人，面部黑瘦，却也豁达。人要知足，不能横着比，想想以前的日子，草坯房四面透风，看看现在，就算不到三千五百元，也都吃喝不愁了。过去和现在，中间也是隔着一条线啊！老人就是抱着这份豁达，花谢花又开地过着日子。

有句话说得好，富贵无常属，心安是主人。

孔子也说过："贫而乐道，富而好礼。"

干 打 垒

两根木杆平行摆放，间距六十或八十厘米，用麻绳连接上，湿土填进两根木杆中间的槽里，踩踏实成，抡起榔头左一下右一下地凿，再一层一层填土一榔头一榔头地凿，土墙逐步增高，东、西、北三面成堵墙，南面留下门窗口，架上柱脚，支起房梁和檩木椽子，再铺上草帘或苇箔，房子就成了，这种房子我们两辽地区（东、西辽河流域）称干打垒。还有一种房子，一半黄草一半稀泥，黄草和稀泥箍成草泥把子，一层一层摞起墙壁，再架上柱脚房梁，在两辽中、下游一带，这种房子称草泥窨。干打垒的前世是地窨子，类似延安窑洞。草泥窨是干打垒的加强版，属于两辽地区第三代建筑。据说，闹胡子时期，干打垒容易被胡子掏洞入室，大户人家就研究出了这种草泥窨，锹挖镐刨都无济于事，这有点像太极的以柔克刚。大凡靠挖洞入室抢劫的都是小土匪，也称地崩子，类似还没进梁山入伙的鼓上蚤，遇上草泥窨得不了手，又不敢比明目张胆打劫，只能认栽。干打垒和草泥窨，在二十世纪六七十年代，还是北方两辽地区农村的普遍建筑。

那么，干打垒和草泥窑的新版又是什么呢？我敢肯定，大多数人会说是砖瓦房。

守着长发村那条主路的路边，十几棵高大的树木簇拥一团，仅从树木的颜色上分辨，你根本无法辨别出树种，无论是杨树还是柳树，在冬季里都和榆树同一颜色——黢黑。黢黑的树干间，高大的树冠下，耸着两簇柴火垛。有烟雾在树冠里弥散，或者说是树冠笼了烟雾，如果不是味道焦煳，兴许会让人想到那烟是杜牧笔下"笼寒水"的"烟"，那雾是李清照笔下"愁永昼"的"雾"。焦煳的烟雾味道，一下会把人拽进柴门风雪，烟火人间。果然，两簇柴火垛的缝隙间，黢黑高大的树冠下，还隐藏着一个小建筑。平顶，矮脊，灰瓦房盖，砖面墙体，房檐的椽子头残留着二十世纪的蓝漆，锄头或扁担吊在房檐下。到了跟前又发现，椽子头的蓝漆下，还挂着一串一串的冰溜子，像是倒挂的水晶锥体。不知道是木质房门走型，还是木质门框走型，连接房门和门框的折叶处，明晃晃拇指粗的缝隙，那些不是"笼寒水"而是笼着黢黑树冠的烟雾，就是从这道门缝挤出来的。

这户人家姓王，户主叫王杰，两口人，都已经八十岁，王杰的老伴脑主干出血，拉医院时根本就没指望能抢救过来，大概是阳寿未到，在阎王爷那儿打个照面，被撵了回来。老头岁数大，有点劳动能力，也仅仅是屋内屋外灶台火炕，园子都侍候不了。这些都是在进王杰家之前村书记的介绍。村书记姓霍，中等个头，不急不火，大概是这么多贫困户压在肩膀上的原因吧，他有些无精打采，说起王杰老伴到阎王爷那报到，口气就像是去阎王爷那随礼。那不呆亦呆的眼神，给人一种白发渔樵惯看秋月春风的老气。

进了屋里，我才看清王杰家的房子，表里不一。从外面看是砖瓦结构，墙体是红砖，房顶起了矮脊，铺了一层瓦。可到了内里，却看不见一块砖头一个瓦片。内里的墙体是什么？干打垒。这种建筑也有个名字——砖迎面。就是在干打垒或者草泥窑墙体的外面，砌一层红砖，用砖的面孔迎接外来的目光。这种砖迎面，产自二十世纪八十年代，改革开放初期，有了点剩余但不足以改建全砖全瓦，所以，它是干打垒和草泥窑向砖瓦房过渡的那款房屋。

这样的房子，为什么不申请危房改造？我问。老人的表情有些错愕。危房？房子没一道裂痕，怎么是危房？你们出去数数，还有多少家砖迎面。要是信我的话，有指标就先可着那些岁数小的改造，改造好也能多住几年。我俩这个样子还能活几天？我俩一死，改造完的房子也没人住，那不是白瞎钱了？现在这样正好，人一走，干打垒推倒，也没多大糟践，还腾出块空地，够左邻右舍种大葱了。老人干燥的脸，像是岁月的榔头锤瘪了的干打垒，无一丝多余的肉，似在告诉人们，活着像干打垒一样简单干净，死后也不占阳世寸土寸草。

狼 狈

几位发烧文友，非要来贫困村探班，马女士是写小说的，阅读量惊人。刚刚在一本南方杂志上读到的小说，就是写扶贫的，她还叙述了小说的大体情节。甲乙丙三位扶贫人员集资为贫困户买了个小母猪让贫困户饲养，养大了繁殖，还签订了合同。贫困户把猪养大了，突生馋意，鬼追着般要把母猪杀了吃肉，结果母猪挣脱开捆绑，跑得无影无踪。这下苦了队员甲，他集资的钱是准备结婚租房子用的，虽然不多，几百块，可在偏远的南方山区，也是不小的数目。现在未婚妻在镇上看中了一户房子，准备租下来当新房用，催他抓紧交房租。本指望母猪繁殖，生下第一窝仔猪卖了把窟窿堵上，可现在母猪跑了，那个窟窿是没指望了。未婚妻见他迟迟不动，以为他变心了，明察暗访，了解了个中原委，对他的不负责任很是失望，不辞而别。那个贫困户听说以后，羞愧难当，自己一时鬼迷心窍，非要吃猪肉，结果造成了人家的家庭破裂，贫困户甚至用钳子拔掉了一颗"馋"牙。乙和丙决定从自己生活费中节省，周济下甲，以挽回那段美好姻缘，但那女人毫无音讯。就在人们对甲扶贫队员感到惋惜的时候，那个女人回来了，还赶着一头母猪，母猪身后，跟着一窝小仔猪。

　　说者无心，听者有意。邵立才虽然不会看小说，但会听。邵立才是村里早就定论的贫困户，家里两口人，他本人脑梗，腿脚哆嗦，但说话不哆嗦。那天我们在邵立才家，研究如何帮邵立才走出贫困，话题大都离不开养殖，有的说养牛，有的说养母猪产仔卖钱。马女士触景生情，就讲了这个故事。不想引起了邵立才反感，说这个故事纯粹是胡扯，理由是：无论公猪母猪，到该劁的时候不劁，那猪肉就有了怪味，没人吃。还有，母猪跑了，是怎么找到种猪的？现在的种猪，比皇宫里的太子阿哥都金贵，锁在宫殿里养着，想寻一次猪种，得事先通过种猪主人，没有几百元母猪甭想靠近。

　　邵立才说的是常识，马女士讲的是小说。小说是虚构的，通过一个故事，去展示另个题旨，比如马女士讲的这篇，我虽然没读过，也在她不算完整的叙述里多少摸清了作家想要表述什么，要么是表述温暖，婚姻破裂后人们送去的关心，要么是表现救赎，贫困户拔掉"馋"牙。这些，邵立才是不会明白的，也不能和他解释，连日子都过得窘迫，哪还有心思听你解读"温暖"或者"救赎"。只是，马女士不该在这种场合叙述这样的故事，贫穷压得邵立才们已经自觉比别人矮了几分，春夏秋冬四季寒暑，风来雨去都无法在他黑瘦的面颊上产生些许涟漪。如果不是因为刚才激动时的眼神，你甚至看不到肉皮子底下还残存着一丝对生活的信心和向往，正是这难得的一次激动，让我们抓住了他还没完全丧失的宝贵财富——

志。是的，扶贫也要扶志。那就继续探讨是养大鹅还是养母猪。结局是，邵立才家什么也养不了，邵立才脑梗，腿脚不便，老伴白内障，眼睛看不见。

等我们认识到这个结局后，终于安静下来，这样的贫困户，只能靠救济了。邵立才终于说话了。你们不了解农村，不了解农民。刚才这位姑娘说南方的贫困户，要杀母猪吃肉，且不说猪肉有没有臊味，难道在你们眼里，我们农村人就那副德行？我现在告诉你们，我们家不像你们想象的那样，只能靠救济，我们老两口，一个是瞎子，一个是拐子，瞎子眼睛看不见，可她腿脚好使，拐子腿脚不好使，可眼睛看得见。我们俩就是古书上讲的狼和狈，相互搀扶着也能下地干活呀！我们家离东辽河水源地太近，农村环保政策下来了，这个院子什么也养不了，你们的好心，我都记在心里。想帮我，明天帮我把化肥送到地里。还有这个院子里，我俩核计好了，今年不种苞米，种土豆，土豆下来，还能种一茬甜菜。你们来回走方便，替我捎回来点甜菜种子，就算帮我最大的忙了，别的，暂时还不需要。

第二天一早，两位老人果然相互搀扶着向大田走去，这一对相依的背影，在人世间塑造了最坚强最珍贵的风景。

庄稼人的圣符

齐老蔫，七十多岁，青寡的瘦脸上挂一副近视镜，知识分子的面相，紧身的中山装上挂着一副长臂，行走江湖的体态。老天给了他一双识文断字的眼睛，给了他一副马上天下的长臂，即便不能入仕以文安邦，入个小队会计或者小学老师，安一下村部小院或者小孩课堂，也不枉他的那副镜片比罐头瓶底还厚的眼镜。即便不能在朝以武定国，入个大队治保或者大院保安，也不枉他的那副猿臂骨骼。何况，父母还给他起了个"文武"双全的名字——齐斌。可齐斌文不能安小家，武不能定小院。戴着深度近视镜却萝卜大的字不识一筐，只会数苞米高粱。迈着身怀绝技的步子却手不能缚小鸡，只能迈垄沟垄台。男人入错行，定是倒霉郎。入错行的齐斌五十不到就摊上了农村"四大光"中的三样，上大学，盖瓦房，娶媳妇，躺下娘。齐斌在五十岁那年，一下就占了"三光"。

齐斌二十岁结婚，还没意识到"入错行"，小两口垒鸡窝起猪圈挖菜窖平场院，媳妇赶集回娘家都是驾着三匹马的大车，头马的铃铛叮当一路碎响，那日子如同马鞭上的红穗缨，有模有样地过着。女儿上小学的时候，齐斌还从别人手里包了两垧地，旱了浇水，涝了排涝，马车也更新换代，变成了四轮"小突突"，有了节余送到银行攒起来。女儿上初中赶上苞米历史最高价，两垧地活脱脱地捞了三万块，再摞进银行吃利息。女儿上高中增包了两垧地，还是种苞米，虽然没涨价也没回落多少，三年时光，估摸银行的钱摞子能有暖瓶高，齐斌经常能梦见那只花花绿绿的暖瓶。农村孩子基础教育差，尽管努力，分数还是在中专和大专之间，选择中专是公立的，卫校护士。选择大专是私立的，金融专科。农家人眼睛在厚镜片下眨了眨，拿守着窗口数钞票的信贷员和给病人打针的护士比照，脑壳里装馊米汤的才不选金融，何况那叫大学，在过去是"中举"。摆了升学宴，把大学录取通知书举过头顶，刚要起酒，冰雹就噼啪地打下来了。冰雹没砸到众人脑壳，却把四垧地的庄稼拦腰砸成两节。霉运这个东西总是喜欢扎堆，自从孩子上了大学，每年都春旱，每年玉米价格都降了又降。想退租已经不可能，就像领养的孩子，亲生父母不想要，能送回去吗？只能硬着头皮继续"养"着。孩子大学毕业，摞在银行里的那个暖瓶，缩小成了酒盅。更让他想不到的是，遍地银行信用社，没有一个椅子留给这个"大"学金融生。也许当初真不该让孩子学数钱，孩子选错了行，如同女人嫁错郎。果然，霉运砸向齐斌的女人。孩子交了朋友，镇上吃公粮的。虽吃着公粮，家境却极其贫寒，不仅拿不出彩礼，还需要女方提供新房。咬着牙，把存在银行里的那个"酒盅"捏碎了，东挪点西凑点，大瓦房盖起来了。最后一片瓦片砌上房顶，房门口躺下个女人，鼻子嘴巴往外淌血，赶紧送到医院，从死亡线上把躺下的孩子"娘"拉了回来。齐斌银行里的暖瓶，经过了上大学，盖新房，躺下娘这"三光"，变成了暖瓶高的债务。无论怎样，生活还得继续。孩子草草出嫁，在镇卫生院谋了个护理的差事，这才真正意识到选对行。女人躺在炕上，梗塞的血管压迫了"悲"神经，听见走路的动静，咧嘴干哭，不淌泪水却流口水。齐斌小心地擦拭着口水，又小心地擦拭了周身，褥疮这个词是在医院里听说的。自己是个倒霉蛋，女人嫁错郎，也跟着倒霉，以后同甘共"霉"，不能有口水，不能有褥疮。可"甘"在哪？擦着天黑，把政府的扶贫物品米面油担到辽河北岸的集市，那里没有熟人，换了钱买种子化肥。用政府救济的钱买了鸡雏，鸡蛋端到集市，公鸡送到餐馆。腾出手给女人过遍水，忙忙活活地就过去了二十年。

奇迹。我看到躺在炕上的女人，手臂和面部包括被褥都那么干净，已经躺下二十年，不得不佩服，奇迹。问齐斌，这么侍候了二十年，她能认出你吗？齐斌抬起不能定国的长臂扶了扶不能安邦的眼镜片：可我认识她呀！

乡下的条幅

因为个作家身份，很多朋友找我写各种应用文章，以为作家动下笔就会锦瑟繁花，抬下手都会暗香盈袖，其实他们不了解，我长了颗爆米花子脑袋，常常"吟安一个字，捻断数根须；三年得两句，青灯夜光流。"最近，更有朋友抬举到大场合，帮着参谋城市主题宣言，也就是竖在政府大门口的口号，早年的"务实创新，攻坚克难"，后来的"一核三带，紧走快跑"，搞得我脑袋都晕，吓得忙去乡下，借驻村考勤的理由躲在乡下不肯露面。

怯于大场面，那就走访小门户。出入贫困户家次数多了，忽然就发现一个问题，农村怎么那么多脑动脉硬化患者呀？从一社的杨喜文、宋淑琴到二社的赵德，三社的李玉环、吕斌，四社的邵立财、张秀琴，还有五社的王学忠、李淑琴等，还不包括刚刚因脑病过世的王桂珍和张淑琴。而这些脑病患者，大都被拖进了贫困群体。三十一户贫困户，竟然有一大半因为脑病致贫。带着这种现象和城里脑病专家沟通，一句话，农村人盐酱重，容易动脉硬化。

不仅是农村，城里也一样，东北人口味重是普遍的，一年四季离不开咸菜酱。尤其早年困难时期，玉米饼子抹上大酱，大葱杆一下大酱，咸菜大酱成了必不可少的辅食品。即便是日子好过了，农户院子里也少不了摆一口酱缸。也包括我，和咸菜酱最亲，常年离不开大酱咸菜，进了城里也离不开，日子好了也离不开，鸡蛋酱、辣椒酱、豆腐酱、韭菜酱，没有这些吃饭不香，明知道口味重不是好事，养成了习性，想改，还不如饿着。当然也存一种侥幸心理，抓彩票都没中过奖，那些病哪能找到我身上，何况，即便是找上我也无妨，活在世上空占名额，除了制造垃圾外一无用途，死不足惜。

我可以抱有这种侥幸，或只识今日不计来生。庄户人却不应该，毕竟那个群体太大，毕竟他们承受治疗的能力不高，毕竟贫困是人类一大课题。

既然找到了脑病的罪魁——口味重，就应该想办法呀！要从根源上控制，小康路上一个都不能少，不能今天脱贫了，明天又躺下一个，这边脱了贫，那边又增加了一个，那样的话，岂不是"子子孙孙无穷尽也"？可我没有办法，又不能挨家挨户砸酱缸封咸菜坛子。

单位领导要带队伍来乡下送医疗服务，给他们提建议"不能空手"，最起码要走访几家贫困户。带着大米、豆油，还有少量的资金，一列队伍呼啦啦地来了，内中有我不熟悉的面孔，一打听，一个是记者，另一个是脑科医生。我对记者不感兴趣，倒是脑科医生让我想起那一长串患者。医生也摇头，只能保持，少吃腌制品，多吃素菜，适当增加白醋，软化血管。我仍然不甘心，对于患者可以保持，可是对于潜在的患者，该怎么办？不能去封酱缸砸盐罐子，总得想个办法控制住那道"口味重＝脑病＝贫困"的公式吧！医生还是摇头，生老病死谁都摆脱不了，每个人都是潜在患者。

到了傍晚，校车从我身边路过，听着孩子们的嬉闹声，看着车窗前每个小脑袋，我猛地想起医生那句话，每个人都是潜在患者，那么，这个潜在患者里是否包括孩子？想到这里内心打了个狠狠的激灵，是啊！我自己可以不计来生，孩子们却不能。那就从孩子做起，堵住根源。我马上给城里的朋友打电话，让他帮忙做一个条幅。告诉他条幅上的内容，朋友哈哈大笑，这是啥词啊？给打印社人家都会笑话你，还作家呢！能不能整出点精彩的？像最近城里到处都悬挂的"美丽四平，幸福家园"。我想了想，那一定是我刻意躲避的"大场面"产物，现在也一定涂满了城市大街小巷，暗自责怪自己长了颗爆米花子脑袋，作品上百万字，却没有一个打在红色条幅上。也罢，造不出那样的佳言懿词，还是老老实实地使用自己的土话，也用红布，也打成黄字，拿不到市面，就挂上土墙，挂上校车，让那句土得掉渣的话傍着沾满尘土的校车在乡间土路上游走：看看一瘸一拐的爷爷奶奶们，少吃咸菜酱。

三 个 字 谜

一撇无限长，一捺到南洋（打一字）。

长发村有五个村民小组，也叫社（过去的生产队）。一社、二社、三社挂在撇上，四社、五社挂在捺上。撇上的贫困户十九家，捺上十二家。经常在撇和捺上行走，想得最多的还是贫困户脱贫问题。有时和村干部商量，上个什么样的项目，建立个长效体系，提升贫困户造血机能，而不是去补血。老实说，我是不愿意求人的人，文人的操守让我从来不主动去巴结权贵。但对于扶贫，我不得不放下架子去巴结，主动联络一农场主（曾经求我写一篇宣传稿），把长发村的耕地集中起来，统一开发水田，既符合农村供给侧改革潮流，又适于大机械化生产。农场主还没忘旧，微笑着看我，然后点头，我看出那笑里有很多内容。不想村干部一句话："有那么一户两户不流转，就是农田钉子户，大机械绕着钉子转，哪个农场主能干？"我当然对村干部不满，农田钉子户都解决不了，要你们村干部做啥？果然如村干部所说，不是几户，而是大多数不愿意流转，原因很简单，土地是命根子，流转出去心里没底。看来，农场主的笑里，肯定包含着对我这个农盲的嘲讽。又打起扶持养殖户的主意，动用关系联系上城里大养殖企业主，答应给农户提供鸡雏、饲料和养殖技术，包括回收。本以为这是一本万利的买卖，贫困户就此可以脱贫了，没想到，还是村干部一句话："养鸡可以，谁给出塑料膜盖鸡舍？农村环保政策，你能协调好吗？需要找国务院？"村干部的话带刺，一竿子把我支到国务院。那么，就选择不需要占用土地的项目——养牛。这回不动用关系户了，自己解决，按照市场价每只牛犊五千元，选四个最贫困的人家，帮每户购买一头小牛繁殖，至于资金来源，指望不上单位，只能拿出两万块钱（中国作协深扎补助）。牛三马四，每头牛两年产三个崽，也就是每头牛两年实现一万五千元收入，这样简单的账目，傻子都会算。村干部却苦笑："傻子会算，还是好主意吗？就算你拿出十年工资帮老百姓买牛，饲料呢？不喂饲料，饿着？当然可以在田间地头放养，可庄稼都打了农药，牛们啃了田间地头的青草，还能活命？"

一撇无限长，一捺到南洋，岔口打横梁（打一字）。

撇上挂着一串房舍，捺上挂着一串房舍，在撇和捺交汇路口向前延伸，中间拦腰横出一溜红砖蓝瓦的房舍，高高的旗杆上悬挂着的红旗是那溜房舍的象征。有很多决策都是在那红砖蓝瓦的房子里研究决定，包括扶贫。就在我努力寻找脱贫途径当口，村干部引进来了"光伏发电"项目，占地少工艺手段简单且长效，我的任务是负责为三户贷款抵押担保，数额不大，完全承受得起。看来我苦心寻找的脱贫路数是那么幼稚。下乡前动员会上市里领导就反复强调，一定要依托当地党组织，这话，在脱贫攻坚大战中，颠扑不破。

一撇无限长，一捺到南洋，岔口打横梁，顶端压短梁（打一字）。

村部前面，也就是撇捺交汇后向前延伸路段的顶头，也横出一溜房舍，那里成了"光伏发电"项目的起点。"光伏发电"项目的引进让贫困户看到希望,脸上露出了笑容。村干部们也长舒了一口气。

三个字谜其实都不难猜——人,大,天。老百姓活在人字结构里,村部就坐落在人字交叉的地方,上面那趟房舍是原来的小学校,这就是长发村的框架。

刚来长发时有人告诉我,一个人住村部尽量不要外出,村部院子里黄皮子多。我当然不信鬼神,可半夜的风把旗杆上的旗帜吹出哗哗的响动,难免心里发毛。自从配合村干部们寻到了脱贫路径后,每天听着旗帜的响声,总会打起安详的鼾声,那鼾声里,跳跃着"'老百姓''大'于'天'"的音符。

于　铁　子

忘了从哪儿听来的说法,睡觉时最好不要东西方向,或头南脚北或头北脚南,那样,身体就可以随着地球的旋转"翻身",而不是"翻跟头"。不管有没有道理,这么多年养成了这么个习性。到了长发村,想坚持住这个习性就特别难。

村部没有暖气,只有一铺土炕,据说是为了冬天办公所用。大概近几个冬天也没什么"公"可办,土炕基本没怎么用，灶膛已经封死，本来就不是为了留宿用的。土炕不大，宽度一米五，按我的习性顺着睡觉，似我这等刚一米七的矮子都会脑袋耷拉到炕檐外，只能头顶着窗户，脚耷拉在炕檐下。腿脚是可以伸缩或者悬空的，脑袋却不能。问题是，三伏天屋里闷热，必须打开窗户，脑袋就暴露在敞开的窗户下。农村不似城里防护森严，窗户根本就没有铁罩子。其实现实的长发村，根本用不着罩子。长发村是"路不拾遗门不闭户"的典范。这不是说长发人到了什么境界，而是因为实在是没什么"遗"可"拾"的，也就没必要"防护"了。村部除了几张桌子外，有点价值的就剩下走廊里的几个空纸盒箱子，卖废品也值不了几块钱，还需要窗户上扣罩子吗？但这种不设防却苦了我，因为我胆小。我在家里排行靠后，自小就是被父母和姐姐哥哥们管教着长大，过去的管教方式稍年长一些的都知道，嘴巴子、脖溜子、耳光子成套路。又因为自己不灵便，看不出眉眼高低，被管教的次数就多，被管教的就实实在在。以至上学不敢一个人走路，参加工作以后公交车上小偷把手伸进兜里也不敢反抗，胆子小得"树叶落下来怕砸脑袋"，现在却是要把脑袋送到敞开的窗口下，不仅会落树叶子，还会有闪电，还会有闪电过后探进来的老虎脸。

白天和村民于铁子一起干活，清理村部院子里的废弃物。有腐烂的柴火，有淤积多年的建筑垃圾，建筑垃圾里还掺杂了生活垃圾、医疗垃圾（长发村卫生所就在村部院内）。劳动量很大，但因为有于铁子，劳动量就变小了。其实我不知道他的大名，只知道他姓于。我叫他于铁子，是因为他的身板和虎头虎脑的样子。天气很热，他光着膀子，皮肤呈金属的颜色，宽宽的肩膀，高高的胸肌，怎么看都像个铁人。不仅如此，他干活也像金属制作的机械，从早晨到晚上，没一刻停歇，中间咕嘟咕嘟地喝着凉水，像是给机械加油。我当然是打下手，负责分解垃圾，于铁子把废弃的垃圾装上平板车，拉到远处埋掉。于铁子装垃圾用的是大板铁锹，"刺啦"一声，我刚刚分解开的垃圾堆就被咬去一大口，待平板车满满实实后，于铁子将绳套背在肩上，身体前倾，和地面差不多四十五度，把平板车拉到平地，就加快脚步，虎虎生风地跑起来。到了下午，我已经神疲体倦，只想找个地方躺一会，把活计留在明天或后天。本来出的就是义务工，是因为我住进了村部，人家在帮我清理环境卫生，而且又没有时间要求，节省点体力，饭是一口一口吃的。可于铁子却没有停下来的意思，看样子还后劲十足。把最后一车垃圾运走，我拖着疲惫的身体下厨，准备炒俩菜请于铁子喝杯酒解乏，于铁子却拒绝了，他姑姑去世，还要去搭灵棚。果然，不远处传来哭嚎声，还有刺耳的喇叭声。

　　天空阴云低垂，看样子是一场大雨。也好，东北腹地经常干旱，现在正是庄稼需要雨水的时候。胡乱吃了口晚饭，连洗漱都放弃掉就早早地躺下了。很快就开始打闪，闪后就是雷声，关上窗户，闷得透不过气，只好打开。闪电一道一道的，还有雷声，还有刺耳的喇叭哀调，还有中年妇女扯着嗓子的干号（农村奔丧习俗，无论是否哀伤都要在灵前干号几声）。可能是累极了，就忘了恐惧，合上眼睡着了，还做了梦，梦见坟场，几位过世的先人从地穴跳出来，还有纸牛冲着我瞪眼睛，中年妇女的干号将我惊醒，想着梦中纸牛的眼睛，有闪电划过，惊魂未定中抬眼，见一张虎脸探了进来，吓得忙抓被子捂脸。

虎脸还会说话：白天干活就看见窗户开着，别淅进雨把你浇感冒了。

一 件 小 事

中国士大夫都有一种"在上美政，在下美俗"的贤达，和当下知识分子的"干得来、放得下、想得开"论调有一定的相像。其实仔细品咂，多少还是带有一丝酸意，"想得开"是不需要说出来的，说出来了还是"想得开"吗？我不是士大夫也不是知识分子，充其量是一枚社会鸡蛋皮，精品是蛋黄，附品是蛋青，蛋壳——很快就会被磕碎扔掉，最大用途是拿去补钙。即便如此，我也是专心我的蛋皮功能，蚂蚁剪指甲——让自己活得精确而准当。所以，类似"一核三带""快走快跑”“五城联创”“四场战役”等口号，我从来都不去看一眼。引用鲁迅的话，看一眼“可能增长了我的坏脾气，教我一天比一天的看不起人”。但有一件小事，却于我有意义，将我从坏脾气里拖开，使我忘记不得。

　　这是我驻村期间发生的事。两个泥瓦工在村部修厕所（原来的村部没有厕所），我也参与到垒厕所的行列。早晨还好，天气不是那么热，大家说笑着，干活也就很轻松。瓦工我是认得的，贫困户，我叫他王师傅，不久前扶贫调研就去过他家，妻子患骨病，儿子儿媳在外打工，把孩子扔在家，瓦工既要侍候庄稼又要侍候病号，还要拉扯一个四岁的孙子，冬季农闲时还要卖豆腐，繁重的劳作让他寡言少语，或者是他根本就没有时间言语。瓦工也很小气，前次去他家，竟然给孙子吃黄瓜而不是香瓜（半个香瓜就在妻子枕边），看着啃着黄瓜的四岁小男孩，我心生怜悯，再次去他家，总是给孩子带些零食。瓦工最不应该的是，昨晚我放在桌面上的方便面丢了两包，只有他进过我的住处——村部更夫房。我想许是他那个四岁的孙子从未见过方便面吧！就没放在心上，两包方便面而已。到了中午，天气开始热了起来，空中无一点风丝，庄稼和树木都像沉浸在静脉注射中，蝴蝶也不再扇动翅膀，能听见的动静只有瓦工泥铲子刺啦刺啦的抹泥声，还有力工咕嘟嘟的喝水声——他需要不停地补水。就在这时，我看见瓦工的目光出奇地有了神采，向着大门口的方向。我顺着他的目光看去，是那个四岁小男孩，穿着白背心，裸着屁股，拎着个塑料袋，雏猫碎步地走过来，到了跟前没奔向爷爷，而是把塑料袋递给我。我不知道是怎么回事，见男孩的眼神巴巴地看着我，才接过塑料袋。我没有忙着打开，而是看着小男孩，男孩却像雏猫饱奶一样，轻轻地转身走去，他的布质白背心粗针大线，针脚突兀，忽哒忽哒地遮着半裸的屁股。瓦工看着我说，凉水拔过，不敢拔太凉，你们城里人胃肠娇贵，太凉对胃肠不好。

隔着塑料袋，里面躺着几个嫩嫩的香瓜，还挂着水珠。

我毫不犹豫地跑回更夫房，准备把剩余的方便面，还有抽屉里的香肠、榨菜、冰糖全部送给瓦工王师傅和他的孙子——裸屁股的小男孩。打开抽屉取冰糖时，那里面竟然躺着那两包"丢失"的方便面。

凉风起来了，清清爽爽的，我努力不去想自己，以前的事姑且搁起，单是准备送他的那香肠、冰糖和一堆方便面是什么意思？奖他们祖孙吗？以我刚刚还怀疑的心态，我能裁断他们什么？我又有什么资格裁定他们？这些年蜷缩成社会鸡蛋皮，增长着坏脾气，自命不凡、自以为是、自我清高，甚而一天比一天看不起人。现在，在少言寡语、目光寡落、我的帮扶对象面前，在穿着粗针大线白背心的裸屁股小男孩面前，我算个什么呀？而且他们对于我，渐渐地产生了一种威压，甚至于要榨出"衣服下面藏着的'小'来"。

我父亲告诉过我，在人之下，把自己当人，在人之上，把别人当人。

总书记说过："不患位之不尊，而患德之不崇。"士大夫也罢，知识分子也罢，社会鸡蛋皮也罢，现在，真应该静下心来称量一下我们自己的"德之不崇"了。

孙富的财宝

到了数伏，天气开始热了起来，头伏稍轻，进入二伏，蒸笼一样的酷热裹住大地，空气也跟着凝固了似的。东北腹地也不例外，只是较之中原或者南方，东北的酷热来得坚决，去得利落，仅仅三五天时间，热劲就过去了。可今年这个二伏，天气却热得出奇，热得漫长。

关于这种天气变化，有很多种说法。知识分子或者有点自然常识的说人类破坏了生态，大气层变薄，还出现了黑洞等等。

这种说法，我承认，但也有疑惑。其实生态的变化已经不是一年两年了，人类意识到这个问题，也正在努力恢复和修补，鼓励电动车，提倡新能源，禁止焚烧秆秸等。生态应该一年比一年好起来，为什么会一年比一年热？今年比去年热？

星象学者也有一种说法，按照老祖宗留下的中国农历历法中的"干支法"，发现今年的二伏和近几年不一样，往年的二伏是十天，今年的二伏是二十天。老祖宗们把"天干"（甲乙丙丁午己庚辛寅癸）十个字和"地支"（子丑寅卯辰巳午未申酉戌亥）十二字相配，共是六十组，如"甲午""戊戌"等（这是指年号），日子也是这种轮回，按照"天干"里的十个字，每十天轮一回，逢有"庚"字的日子叫"庚日"，夏至以后的第四个"庚日"为二伏开始，到立秋以后的第一个"庚日"结束。按照这个"干支法"计算，以往的二伏是十天，今年的二伏是二十天，所以，热得出奇，热得漫长。

这种说法深奥，也让我疑惑，五六月份下雪的现象也出现过，用"干支法"怎么计算？

村民孙富还有一种说法。

东北地区农村的菜园子，我见过不少，大体上都是满园子蔬菜，茄子、豆角、土豆、辣椒、大葱、西红柿、韭菜应有尽有，还有几棵果树、葡萄架，葡萄架下立着一口酱缸。

孙富家的庭院，也就是我们平常所谓的"菜园子"却不是这样，已经没了"菜园子"功能，或者说根本就不是园子。孙富家在长发村四社路首第一家，"一帆风顺迎福禄，八方财宝进家门。"这是孙富家大门垛子上的对联。大门垛子是水泥垒砖砌成的，中间对开两扇铁大门，五米宽，显得很气派。可那么气派的大门，虽然对开，却不能打开，或者说打开也没用，大门已经失去了"开"的作用。一把大铁锁，把大门锁死，沉甸甸的铁锁已经生锈。设置了大门，却打上锁，不打开，为什么？因为大门里面没了通往房门的路，五米宽的大门，势必要有五米宽的通道。现在，那五米宽的通道，变成了十五垄玉米，有这密密麻麻的青棵子挡着，打开大门人也进不去，当然，同样进不去的还有大门垛子上的"八方财宝"。

那是个酷热难耐的夜晚，无法入睡，只好在村子里闲逛。沿着村村通小油渣路散步，尽管两侧长满了庄稼，路上也还有点小风，在那么个闷热的透不过气的夜晚，一点点的凉风都是那么珍贵，就想这么走下去。没有目标地行走，就到了四社路首，时间是午夜，打算回返，却听见院子里的说话声。男："你咋也出来了？"女："睡不着，屋里能闷死。"男："外面也好不到哪儿去。"女："我用凉水给你拧个湿毛巾。"男："别折腾了，一动一身汗。"女："真是怪了，今年咋这么热呀。"男："今年园子里种了苞米，有这些青棵子挡着，没了过堂风。"女："过年可别贪图那几垄地了。"男："就那几垄地能打上千斤苞米。吃不穷穿不穷，算计不到才受穷。这些青棵子，挡住了过堂风，热点，可上千斤苞米，能卖七百元，够孙子坐校车的费用了。"

在孙富看来，因为满园子的青棵子，挡住了过堂风，才会让天气这样闷热。这种说法是否准确，我无法确定。不过，孙富宁肯让青棵子挡住过堂风，挡住大门垛子上的"财宝"进院，也要给孙子种植下校车的费用。所以，比照前两个说法，我情愿相信他的。

孙禄的火绳

"手执艾旗招百福，门悬蒲剑斩千邪。"端午节房门挂上艾蒿，能驱病辟邪，这是老祖宗们流传下来的习俗。现实中的艾蒿还有一种作用，拧成绳子，晒干，在夏日的傍晚，挂上房檐子，点燃绳头，火星子一点一点燃烧，空气中会弥散着白色烟雾，烟雾里弥散着植物的暗香，蚊子不敢到跟前。

晚上到孙禄家，梳理贫困户资料。和其他贫困户差不多，不是因老就是因病，孙禄是又因老又因病致的贫。孙禄七十七岁，腿脚不利落，早年留下的硬伤。儿子儿媳在武汉一家工地打工，每年冬季，孙禄都要去儿子家住上半年，说是避寒。亲家母给说走了嘴，说是在武汉看护工地材料。我们去调查那天，偏巧亲家亲家母也在。孙禄正拿着火绳点烟。亲家母似乎早有准备，所有的对答，都由她应对，挑不出一点破绽。比如孙禄在武汉打更半年，月收入两千，总收入一万二。亲家母回答干脆利落，没有的事，哪个单位雇人不登记？你们查查他身份证不就什么都知道了？她说得对，身份证调查，确实没有登记。还有儿子是木匠，在工地干活月薪能达到六千。亲家母的回答更是让你想不到，六千不假，钱全在包工头手里，现在包工头跑了，不信你看。亲家母拿出电话，还是智能手机，七十岁的老太太，竟然也会玩微信，连我都自叹弗如。老太太晃动着电话说，其实你们调查得多余，他一个老光棍，全村人谁不知道？就这腿脚，给谁干活谁敢要？你看，连做饭都是我来帮忙。对了，你们是不是还要调查他家两口人的地，流转出去，收入多少对不？一分钱也收不回来，他家的地我家包下了，不会给他一分承包费。为什么？你问他自己，我们家活蹦乱跳的大姑娘给了他家，彩礼钱他给了吗？我家就那么一个姑娘，嫁进他家，一天福都没享到。我是看他可怜，才没收他直补钱，我把他直补钱扣下，他就得要饭去。

理由是够充分的，可我们的任务是"精"和"准"，尤其是"准"，长发村有很多贫困线边缘户，稍有一点不准，可能会产生攀比。别看低保户每人每月一百元，在整体收入都不高的长发村，却是一笔"巨款"。

同行的驻村人员耐心解释，这是上级的硬性规定，没有住院病例，没有医药费凭据，我们是没办法给定贫困户，没办法申报低保的。

孙禄的弟弟孙富，和孙禄是邻居，站在院墙那侧，递过来一塑料口袋。孙禄的亲家母拿过口袋颠了颠，从里面抓出一小撮，放在鼻子下嗅嗅。示范给我们，你们不是要他看病的票据吗？这就是票据，有病吃不起药，他弟弟给采了艾蒿叶子，全靠这玩意了。

我觉得好奇，艾蒿叶子也能治病？老太太叹气，住院又住不起，只能用这玩意泡，每天泡一回腿脚，管它能不能治病，解心疑呗，庄稼人有什么办法？命贱！

整个过程，孙禄都在摆弄着那根火绳。奇怪的是，今天的火绳没有驱逐蚊子，仍然有蚊子嗡嗡叫。火绳的叶子被他搓揉在地上。火星一跳一跳的，孙禄的脸一会明一会暗。

老太太显然是认为自己占了上风，拿着蒲扇扇风。也没扇走蚊子。

邻居孙富家传来童音："爷爷，爷爷，校车师傅要把今年的车费交上。"男声："爷爷早就给大孙子准备好喽！亲爷爷一口，好孙子，来年爷爷把大墙外那几垄地也种上苞米，给大孙子置办一套新校服。"

此时的孙禄，拿着火绳的手在颤抖，半晌，才说，把低保指标给别人吧！我确实打工能赚一万二。说完俯身把搓揉掉的艾蒿叶子收起来，放进孙富送过来的艾蒿叶子口袋里，转身回屋。很快，屋里就飘出一股中草药的暗香，引得我贪婪地嗅，蚊子也不叫了。

据说有一味中药叫艾叶，能驱病辟邪，我没有中医常识，索性就把艾蒿的叶子当艾叶。

欢笑的彩砖

中国作家协会二〇一七年的"深入生活、扎根人民"选题立项，我有幸忝列其中，获得一个选题（乡村文明进化过程），正准备深入到乡村一线，单位又指派我驻村扶贫，两厢结合，购置了柴米油盐铁勺电锅，一头扎进长发村，一边"深扎"一边扶贫。

两个任务其实都不轻松，要完成中国作协的选题——长篇小说创作任务，且不说长篇小说需要码起多少字，光是结构搭建，也很需一番功夫的。而且中国作协可是付了真金白银的，尽管两万块钱不多，可老祖宗早就教育我们"敬事而信"，作家是最应该理解其意义的。

当然，压力最大的还是扶贫，尽管压力大，但深入进贫困户家中，看着那些生活在贫困线以下的面孔，内心总能升起一股怜悯，一份责任。一户一户走下去，才清楚长发村人均两亩地如何不贫困？才发现人均两亩地贫困户不能不多。走在贫困的群体里，我仿佛是宇宙洪荒中的一叶小舟，那么渺小又那么单薄，根本载不动那么大的扶贫重荷。下乡前妻子嘲讽我，不是每个人都能济世。现在看，妻子的话够响亮。是的，人均两亩地的现实是谁也改变不了的，也就是说靠土地吃饭的长发人注定要贫瘠，脱贫也注定艰难，注定是重荷。但载不动重荷，可以载动一棵乡下的草啊！帮助过一个贫困户，看着那张困倦的面孔上绽放出对生活的希冀色彩，又觉得在宇宙洪荒里行走又是那么神圣。是的，不是每个人都能济世，但我们每个人不能没有济世情怀。我们先是组织了一次献爱心活动，动员四平的文人伸出援助之手。文人们倒也踊跃，有的捐款，有的捐物。募集上来的几千块钱，上千件衣服，挑选最贫困的户数，购买了大米豆油，剩余的给买不起种子化肥的户数，尽管杯水车薪，也算是续了一把干柴。

眉宇不展的村干部眉宇舒展了，当然不可能因为我们的一次补血式救济行动，也不可能是因为区区几千块钱，而是发现了一条线索，那就是我身后的作家群体，他们以为作家写稿就大笔赚钱。隐隐约约闪烁其词地把主题放在了村部院子上。

文人大都把脸面看的最重，屈原因为皇帝违约没肇见（曰黄昏以为期兮，羌中道而改路）而投江，我虽没屈原的骨气但有文人的操守。怎么办？中国作家协会不是给我"深扎"补助吗？拿出来给村里买砖。

村部院子不再泥泞，自己住进村部，脚踩在釉面砖上，也会自豪地踏出响动。村干部们得知是个人掏腰包，满脸羞赧，知道我喜欢吃大豆腐，偷偷把豆腐放在窗台上。

尽管文学作品没写出来，脚底的方砖成了我的作品，不过，看着欢笑的彩砖，内心也跟着欢愉。

村主任老霍

三十年前我下派到农村，是最年轻的副乡长，三十年后的今天我驻村，是最年长的扶贫队员。无论是乡长还是队员，都因了一份乡土情怀，我离不开泥土。说出来不怕笑话，除非万不得已，我从来不坐飞机，不是因为我惜命，而是因为我不想离开地面，双脚站在大地上，脚下有根，才觉得扎实。也因此，我的创作都是围绕乡土，北京评论家郑润良先生说我是最土的作家，我并不反感。因了这份情怀，长期和乡村打交道，也长期和村干部接触，时间久了，就会发现，村干部们尤其是村主任这个层面，普遍有一种小狡黠，又因为文化不是很高，那狡黠就隐藏不住，总是挂在脸上。老实说，我对这个层面并无好感。包括村主任老霍。

刚驻村时我不怎么和他搭话，凭我领导岗位多年的资历，凭我多年行走乡村的经验。他也看出我的冷漠，总是打发别的村干部陪我。我不需要陪护，我喜欢独处，这是职业习性，安静下来才能思考或者写作。问题是我不是来思考和写作的，扶贫需要走村串户，没有村干部陪着，你一个人，谁家院里有没有狗都不知道。不情愿，也只好接受。但冷漠还是挂在了脸上。村干部们包括老霍，当然能看出冷暖。

到了春天，我打起了村部院子的主意。

村部院子分两部分，西侧是土，一亩地左右，占去总面积的三分之二，东侧铺了沙子，供人行走，沙子和土之间用一溜砖头隔开。后来砖头换成了砖墙，不高，可以摆花盆，也可以坐上去休息。那溜花墙是我的产品，从购置原材料到加工成型。因为花墙，我俨然成了院子的主人，像对待自己的孩子，想方设法打扮。总想在院子里做点文章，比如插上几面彩旗，拉起一溜彩灯，让村部多些色彩。当然这些想法刚实施就夭折了，原因很简单，我对农村很"盲"，尽管长期和泥土打交道。

比如彩旗，我自掏钱囊购置回来，村主任老霍并没有说什么，刚插上没几天，院子里就多了两只鸽子尸体。村干部告诉我，鸽子主人家都插着旗帜，那是鸽子回家的航标，村部院子多了彩旗，误把鸽子引进村部，被黄皮子逮个正着（村部院子里黄皮子多），老霍已经去鸽子主人家赔礼。还有彩灯，从市里购买了三十米长的七彩灯，挂在村部门口的大树上，像圣诞树，还有文化广场的栅栏上也挂了一溜，五颜六色地亮了一宿，早晨起来，发现一个村民坐在灯下打盹，问原因，是老霍打发来看护的。看护什么？难道这么几个小彩灯还有人偷？村民却摇头，没有人偷盗，是防备小孩子好奇，伸手触摸而触电。

好吧！那就脚踏实地种园子。把村部院子西侧的土翻开，扬了化肥，有的打垄，有的修成池子。秧苗到镇上早市购置，茄子、豆角、辣椒、西红柿，还要有土豆，最好能种两垄地瓜，还原一下小时候父母营造的田园风光。一亩地的面积，劳动量自然大，自诩乡土情结重，累得满头大汗，也要忍着。两天时间，还没种出一角。正琢磨着土豆苗地瓜苗到哪里去买，单位来电话，领导班子中心组理论学习，据说要拍照，要录音。也好，回市里，兴许早市能买到别的菜种，土豆苗和地瓜苗。

城里的早市也没有土豆苗和地瓜苗，栽植土豆都是把土豆要发牙的部分剜下来埋进地下，不需要培植土豆苗。栽植地瓜要麻烦一些，需要把地瓜放在炕头或者温室，埋上土，浇足水，等地瓜苗长出半尺高，采下来栽植进大田，可能是因为种植的少，早市也没有出现。没有就没有吧！可以种别的，比如大葱，比如菠菜。回到村上，正准备撸胳膊打理剩下的"半亩方塘"，却发现老霍正领着一伙人种园子，不是蔬菜，而是最普通的玉米。会计老王见我诧异，小声告诉我，大半亩地苞米能产出八百元，够你驻村买煤取暖了。

哎，到了这个时候，我还有什么资格在老霍这层村干部面前论"好感"啊？

高 堂 在 上

九月九日，是我妻子的出生日。在家里，妻子是绝对的领导，早晨就打来电话，号令我今天不回家，房门楼宇门都换锁，以后别想进来。当然，她也了解我的脾性，遇弱则弱遇刚则刚，文人的酸硬，所以，在电话那端，故意挑逗小狗发出几声柔情，放映个"人狗情未了"大片，搞得我像电视剧里那位失恋老头似的"眼里没泪却想哭"。我确实是老了，面向远天，想一想转眼间年过半百，想一想日子就这么分分秒秒地过去，想一想那句歌词"又是九月九，思家的人儿漂流在外头"，对照镜子，内里平添了几分"黄鸡唱晓白发催年"的忧伤。

按照原计划，今天去二社调研，梳理贫困户，这也是按照上级的部署，精准识别。其实长发村不用识别，看一眼就满目沧桑。

二社小组长邵明珍，田里滚打出来的黑黢矮壮。他的婶婶叫张淑琴，上了贫困户名单，八十多岁，身体还算硬朗，儿子陪伴身边，也是年过花甲，满头白发。

此次精准识别，按照框框对照，土地、直补、庭院、打工等收入。土地都一样，两口人四亩地，不旱不涝好年成也就人均三千元收入，庭院里除了大葱土豆就是咸菜缸，有几只母鸡，产下的鸡蛋不够给老人改善一下伙食的。掀开锅盖，半碗剩饭半只茄子，抠剩下点蛋青的咸鸭蛋。孙子孙媳婚后外出打工，一年也回不来一次。做了现场勘查和记录，典型的贫困线以下。"庆幸的是婶婶身体没什么毛病，省去了打针吃药钱。"这是小组长邵明珍的感慨。

正准备撤身，老人发话了："明珍你不能这么做，婶婶知道你是好心，我家也有额外收入，明珍和我儿子合伙养了台小四轮，冬天拉活夏天抽水，哪年不是两千多块？我儿子嘴笨，明珍你咋不如实说？我儿子还会点手艺活，画棺材头，也能赚好几百。咱做人得讲公正，西院王家老人得了脑血栓，住院拉下一大笔饥荒，他们家不是贫困户，我家定为贫困户，不公。明珍你们哥俩说说，我说的是不是在理。"邵明珍当然有邵明珍的道理："老王家两个姑娘都上班，老人看病有农村合作医疗，他们家怎么能拉饥荒？"

老人的儿子挠了下白发，憨憨地笑了笑，拿出账单指给邵明珍。那是王家打的借条，不多，三千。老人的儿子拿着借条叹息："本来要给孩子邮走买房子的。"

老人接过话："房子晚买几天也冻不着，都本乡本土的，咱不能看着他们看不起病。"

儿子说出实情，老人说出道理，搞的组长邵明珍满面羞涩。

是啊！烟火人间，纭纭渺渺，哪个众生不似草芥？就像邵明珍，常年积累出点农民式的小狡黠，为其婶婶享受到贫困户的小小待遇，也是众生之小私。就像妻子，过个生日也需要发号施令。就像我等，也都没有跳出六尘，都还眼耳鼻舌身意六根不寡，打个比方，少给你开半个月工资也都不满意。

但毕竟，长发村路架是个人字结构，老祖宗们不仅给后世留下个"长发"的期许，还给长发人留下了做"人"的规矩，在"人"字结构里代系繁衍，在"人"的界面上萌蘖生根，在"人"世代谢里地老天荒。所以，老人的教诲，声声扎心。再看老人的儿子，一位白发苍苍憨厚朴实的村民，内心猛地多了份崇敬，想起白居易的那句"堂上春萱雪满头"，我，什么都做不来的草芥，用短信打发下妻子"生日快乐"，然后恭恭敬敬地给老人鞠躬，并在心里由衷地发出一句："高堂在上。"

不 招 摇 性

孙大喇叭，身体没啥毛病，今年七十三岁，年龄也不算老，几年前就在贫困户系列。其实，对于扶贫者来说，扶贫对象七十三岁，是尴尬的年龄。不似岁数大的老人，也不似重病缠身的老人，说句没觉悟的话，这些人容易"自然脱贫"。孙大喇叭原来不是我一对一结对子帮扶对象，我用了两盒"芙蓉王"贿赂同行，才把"尴尬"交换到我的账下，归我包保。我这么做并不是我有多么高尚，实在是因为孙大喇叭某些行为和我相像。什么行为？不招摇性。

不招摇性这个词，用在女人身上，是指女人作风有问题，往往会引起纠纷。用在男人身上含义广泛了一些，可能是指作风，也可能是指不正经，或者不定性。比如某老干部教育我，不好好当官，就写小说，喝小酒，同期提拔的都干到正厅副厅了，写小说给你带来了什么？说穿了就是不招摇性。

孙大喇叭的"不招摇性"和我差不多，换句话说叫"臭味相投"。孙大喇叭原来是"地蹦子"。他九岁丧母，父亲给他娶了后母，从那以后，命运就像乡间的羊肠小道，曲里拐弯，坎坎坷坷，只读三年书就辍学，后母逼着他给生产队放猪挣工分。后来村上来唱地方戏的，他围前围后地伺候着，时间长了，竟然学会了不少唱腔，练就了一副好调门。

从此，孙大喇叭就开始"不招摇性"，离开了后母的白眼球，跟着小剧团南北二屯地演出。孙大喇叭长得又瘦又小，下巴颏尖尖的，嗓音也尖尖的，唱出的唱腔，虽然不跑调，但一张嘴，下面的观众就捏着嗓子喊刺耳朵。那些小剧团都是民间艺人自发组织起来的，到哪儿演出只要生产队供饭，额外挣点小钱，还不够买"面友"牌雪花膏和"万紫千红"牌胭粉的，没有钱给他分红，他也不计较，只要给口吃的，他就成了小剧团的"捞忙"（白帮工）。吹喇叭的师傅觉得这么个留着没用又撵不走的白帮工有点可怜，干脆就教他吹喇叭，多少能给自己打个下手，也不算白丁一个。于是，孙大喇叭就学吹喇叭，虽然吹得不是那么精彩，可也过得去。孙大喇叭常年在外，大帮哄时期还好点，父亲靠给生产队喂马挣工分，孙大喇叭不在家还省去一口人的粮食，至于娶亲，就那么个"不招摇性"的家伙谁愿意嫁给他？包产到户以后，孙大喇叭也没有回来侍弄庄稼的意思，依然在外面演出，这个小剧团黄了，他就到别的小剧团"捞忙"，后来老人相继离世，土地荒芜了，他也没心思侍弄。长发人都把土地当命根子，邻居帮他种上地，到秋打粮，他一粒也不要。小剧团供饭，他要粮食没用。邻居过意不去，就和他签了租赁合同，按照"三十年不变"的政策，他的二亩地，还有继承下的他爹的二亩地，每亩一百元，全年四百，签了二十五年，上打租，一次拿到手上万元，一夜之间就成了万元户。直到所有的民间小剧团全黄了，他连"捞忙"都没处去了，这才"叶落归根"。在外蹦跶了大半辈子，少小离家老大回，乡音未改鬓毛衰。收拾下父母留下的草坯房，每天到河滩上举着喇叭吹上一段《西厢记》或者《王二姐思夫》，吹到得意处，拉起尖尖的嗓门，吼上一句"张廷秀啊——张廷秀我金榜得中头一名啊——"

二十五年挣一万元，平均每天收入一元一角钱，可喇叭照吹，调门照吼，到了七十三岁"不招摇性"照旧，这一点和我相通，小说照写，小酒照喝，几近花甲"不招摇性"照旧。现在，两个"不招摇性"的人，因为同一种属性建立起来了缘分，让我们在无法被量化的价值体系下保持几个"照旧"，让我们相互熟悉只有我们才能够体会得到的愉悦和快感，也就是"不招摇性"带来的幸福。当然，我的职责不是来乡下"照旧"的，我把他拉至我的帮扶对象，就要让他在自己愉悦的同时，还要有现实的好处。打个比方，孙大喇叭天天唱歌吹喇叭，不脱贫也算是"穷欢乐"，所以，我在考虑如何帮他脱贫。

婶　娘

大概是门风所致，我们张氏家族，我奶奶、母亲和婶娘（东北人称婶子，我情愿称婶娘）都是矮个头，小体量。尤其婶娘，娇小，细致，乡下人的温和，寡静，还带些鼠小。我本人对女人的审美取向，也趋向于小。这个小，包括玲珑，弱小，嗓门，举止，现在想来，是不是和奶奶、母亲以及婶娘有关呢？据我母亲说，我两岁的时候，弟弟也出生了，母亲的乳汁不足以供养我们兄弟两个，婶娘奶水足，就经常把我抱进怀里喂奶。母亲嘱咐我，婶子家没儿子，挪不动步的时候你要挑水。婶娘没用我挑水，婶娘如果活着，应该是七十六岁。

四社王玉环（因村干部担心攀比，所以用了化名），女，七十六岁，独身，脑梗，常年卧床。有个女儿，在外干钟点工，女婿残疾，留在家里负责护理病人。王玉环是刚刚分给我的包保对象。

更详细的资料，需要到贫困户家中调查。跟随四社组长刘树海，走了很长一段苞米地，穿过一条毛道，就到了王玉环家门口，喊了半天，窗户上才出现一张面孔，是个男人。组长介绍，女婿，也是脑病。果然，半天才打开房门，勾着手，一条腿画圈，把我们引进内室，家里家外就两人，炕上躺着的，就一定是我的包保对象王玉环了。见我们进屋，老人艰难地坐起来，听组长简单介绍我们此来的目的，老人小心地打量下我，颤巍巍地指了指旁边桌面，那上面摆着半盒烟，看牌子就知道很廉价。

王玉环家的基本情况是，老头去世五年，王玉环患病三年，丧失劳动能力。两口人的耕地，只能外租，也就是所说的土地流转，四亩二分地，流转资金四千二百元，粮食直补两千一百元，农村老人社会养老金六百六十元，总收入六千九百六十元。王玉环患的是脑病，不算临时发病，按常规，每年春秋两季住院两次，每次十五天，检查、用药以及其他费用，每次三千六百元，两次七千二百元。已经超出了年收入二百六十元。农村合作医疗保险报销百分之四十（村卫生所为百分之六十，乡镇卫生院为百分之四十，二级医院为百分之三十），能够报销回两千八百八十元，去掉亏空的二百六十元，还剩下两千二百二十元。这就是王玉环的年收入，离脱贫线一千三百八十元。

按说，一千三百八十元不算多，如果让我当场掏腰包也拿得出来，但上面有规定，只能造血不能补血，而且村干部千叮咛万嘱咐，不能随便给钱给物，引起攀比，会增加干群矛盾，毕竟，长发村不止一个王玉环这样的贫困户。犹豫再三，手还是伸进腰包，第一次走访，不能空手来甩手走。我的举动王玉环看在眼里，忙用手按住我伸进腰包的手，摇头。我以为她是忌惮小组长刘树海，准备把刘树海支开。老人发话了，声音弱小，看你这个岁数，正是爬坡的时候，上有老下有小，双方老人需要你们养活，还要供孩子上学，城里用钱的地方多，靠那点死工资，不容易。老人这么一说，倒增加了我的决心，管它补血还是造血，再说老人已经没了劳动能力，怎么造血？只能补血。至于村干部所说的"攀比"，关上门的事，她们不说，谁知道？就准备给老人补血。老人接着说，有件事，孩子能帮我，比什么都强。我前次住院，医院装修，药费条子还没开出来，我怕耽误了申报今年的低保，一个月一百，政策性给的，大娘花着踏实，你个人的，大娘不安。我问清情况，拿起电话联络。转了几个弯，最后找到卫生局的领导，也是朋友，很快，朋友给了答复，立刻办理。放下电话，老人拉着我的手，抽泣着说，好孩子，遇上你，大娘有福啊！还是那么小的声音。

听着老人的话，我内心惭愧。拉着老人的手，在心里纠正一句，不是"大娘"，是婶娘。

向日花开

集市不大，七个或者八个摊位，说不准。说不准的原因是有一个移动的摊位，守摊的大嫂，我清楚地记得她穿着红色格子衣服，守着一个小柳筐，筐里絮着些黄草，草叶上摆着几个鹅蛋，蛋壳上残留着鹅粪的痕迹，或者几丝血丝，以此佐证那几枚鹅蛋是纯粹农家大鹅产的蛋。我也清楚地记得邻居摊床和大嫂的对话，邻居摊床是个卖带鱼的，想必要比卖鹅蛋油水多，说话就带些揶揄。大表嫂，就这么几个鹅蛋，拿集市上来，能卖几个钱啊？大嫂并没有正面回答，而是说，二顺子，你家田头长了芨芨草，明天嫂子帮你收拾收拾，不会踩踏庄稼。二顺子说，大表嫂割芨芨草喂大鹅，还不如抓蝼蛄，大鹅吃蝼蛄，能下双黄蛋，双胞胎。大嫂说，小鸡鸭子吃蝼蛄，大鹅不吃荤，你家大鹅吃蝼蛄啊？再说双黄蛋不能孵小鹅崽，嫂子就要单黄的。大嫂一边回答二顺子一边刮草叶，大嫂的鹅蛋打了一枚，蛋青外溢，沾在草叶上，大嫂正把溢出的蛋清刮下来，装进小塑料盒里。二顺子说，你筐里的就是单黄，为啥要卖？大嫂说，这几个没踩茸，不能孵小鹅崽。二顺子面带坏笑，大表嫂，啥叫踩茸啊？大表哥不在家，大表嫂有没有踩茸的啊？众人笑着，大嫂也不恼怒，而是说，给嫂子看着点，有买鹅蛋的，一块五就出手。大嫂说完拿着小塑料盒就急匆匆地走了。叫二顺的摊主朝大嫂的背影喊，你做啥去？大嫂扬了扬手中的塑料盒，找你爷爷踩茸去。挨了骂的二顺子也不恼，冲着大嫂的背影喊，我爷爷的坟在西边。然后嘟哝一句，穷的快露屁股了，还这么没心没肺。尽管集市不大，七八个摊位，也是满满的笑声。

我第一次见到大嫂是在春天的早晨，天还不是很明，我在田间小路遛弯，身后传来了车链条咬齿轮的哗啦声音，回头，就看见一个五十岁左右的妇女，吃力地蹬着脚踏板三轮车，车厢后面还坐着个老头。路面凸凹，妇女下车，吃力地推着，车厢里的老头也要下车，被妇女制止住，坐着别动，腰有毛病还把自己当囫囵人啊？语气里明显带有嗔怪。妇女推得吃力，我在一旁，忙帮着搭把手。因是刚刚驻村，大清早的出现个陌生人，妇女不能不警觉，等我说明身份后，妇女才放下心来。我帮着把三轮车推到田间，妇女搀扶着老人下车。老人腰弯得厉害，差不多和地面成六十度角，两个人挎着篮子，在野地里挖芨芨草。我也忙加入到挖芨芨草的队伍里。芨芨草是一种弱小的草本植物，却是禽类最喜欢的食物。

大嫂家是典型的贫困户，六口人，只有三口人的地。大嫂的孩子出生在"土地政策三十年不变"之后。大嫂家就靠着三口人的地把孩子拉扯成人，结婚生子，然后到外地讨生计。常年的体力劳动，公公患了腰疾，干不了重体力活。雪上加霜的是，丈夫白内障，第一次手术失败，拉下饥荒，没有能力第二次手术，几近失明。

公公的腰疾需要治疗，白内障不能坐等，大嫂除了侍弄三口人的地外，养了一群大鹅，三十多只。尽管公公腰疾很重，非要帮大嫂出来挖苣荬草，那三十几只大鹅，每天都张着嘴等着这些食物。有了这些食物，大鹅才能多下蛋，大嫂也可以到集市上去卖，辛苦点，但大鹅带来的效益，虽然微薄，总是让大嫂对生活充满着热情。

村里的贫困户不少，大都被贫困折磨得满脸沧桑，面部挂着沉重，很少如大嫂这样，按二顺子的话说，没心没肺。大嫂自己却说，有心有肺又能咋样？公公的腰就好了？丈夫的眼睛就不治了？日子还要过下去不是？扶贫扶志，我想大嫂在扶志上给我们打了红灯。

大嫂家住在村子正中，院门口栽植着两垄向日葵。那天大嫂从集市上赶回来正是阳光明媚的中午，公公坐在脚架车上，喝着热气腾腾的蒸蛋糕。那肯定就是那枚装在塑料盒里的鹅蛋蒸的鹅蛋糕，大嫂站在向日葵下，拿着鹅蛋对着太阳照。如果有了发现，大嫂就会兴奋地喊，这个有茸。大嫂笑的样子有如盛开的向日葵。

看　水

　　我出生在东辽河南岸一个小村，一直眷恋着这片水土。三十年前的九月十日，我第一篇小说发表，小说的名字就叫《亲亲河水》。从一九八七年的这天开始，我与文学较上劲，也与河水较上了劲，长篇随笔《沿东辽河前行》耗了我八年时光。按照惠特曼的说法，文学就是发现美。三十年以后的这一天，我又在东辽河边的长发村做着"发现美"的较劲事。

　　依照庄户人早睡早起的习性，每天早晨四点半就起床，沿着乡下土路散步，方向总是东辽河大堤，坐在河堤上，夏天看河水，冬天看长冰。

　　只是，九月十日早晨，我差点什么也看不见，这要怪耕地。

　　长发村人均耕地二亩，庄户人自然不会放过河床上那片土地。为了不出现抢地现象，村里统一组织，像联产承包时分地那样，每口人二分地，签订耕作协议，不交地租，不上农业税。当然这是免地税以前的事。后来免地税了，河床上的耕地也不会享受直补。最主要的是，如遇洪灾，毁了庄稼，所受损失自己负责。这是一件"双刃剑"的事，长发村位于东辽河中游，河床浅，发大水是常有的事，每有预报，必须提前毁掉庄稼，防止杆秸淤积，造成更大的灾害。毁掉庄稼，当年的投入也没了回收的可能，白白地承受损失。

损失多少？按照每人二分地计算，种子一百元，化肥一百六，机械耕作烧柴油八十，还有农药，人工，累计需要投入三百元左右。也就是说遇上洪涝灾害，这三百元的投入就是白扔。三百元，对于我等工薪层，只是小钱，对于王石、李嘉诚等，可能不是钱，可对于长发村的贫困户，却是大钱。想一想贫困线，也只有三千五百元，那可是年收入。当然，没有洪涝的年份，投入进三百元，能产出玉米上千斤，按照现有市场价格，可收入七百元。投入三百，回收七百，中间差价是四百元。

尽管四百，长发人还是没放过那点河滩地，每年播下种子开始就为这四百元祈祷，祈祷老天爷不要发大水，祈祷老天爷对长发施恩，让长发风调雨顺，村民们活在《吕氏春秋》"三人操牛尾以歌八阕，一载民、二玄鸟、三逐草木、四奋五谷、五敬天长"的场景。这样祈祷着，每天提心吊胆地看天上的云，每天数落着"敬天长"，直到立秋，东北地区"立秋以后无大雨"，老百姓才会把紧张的心情松弛下来，为的是那四百元。

二〇一七年的立秋来得早，九月十七日这天已过了立秋后的两个节气——白露，露水挂满了庄稼。密密的庄稼已经一人多高，正是玉米挂浆的时候，那些经过了类似于宗教一样祈福过而没遇上洪涝的庄稼，结着还不算饱满的籽粒，这个时候正像肚子还不算太鼓的孕妇，收集着所有的营养，安静地承享着大自然的风和光，润和热，还有大地的养分。正是这天早晨四点半，我被青纱帐隔住。间距五厘米的玉米秆，根本就没有走过去的空间，即便是沿着垄沟，也会打破庄稼地的宁静，打破老百姓为了每年四百元的祈求和赌注，何况，还有露水。正遗憾着不能穿过青纱帐去看河水，一个放牛人牵着两头老黄牛过来，我们早已相熟，他说跟着黄牛走。我就跟着黄牛向前走，果然，泄洪渠还留有一条毛道，可以通到河边，就这么，我完成了一次看水，还没有惊动正挂浆的庄稼，那是老百姓一年的期盼。当然，一般人无法理解我的心境，诗人张子选肯定会理解，他的诗歌里有一句话：冬天在人间大爱中取暖，夏天到人民群众中纳凉。伦勃朗也肯定会懂，他说过：我不死是因为阳光需要多一双眼睛欣赏她的美丽。

　　驻村队员都知道我每天去大堤，他们不解，问我，你到河堤上去看什么？我说，看水。他们更疑惑，水有什么好看的？我想说"水善利万物而不争"，想说老百姓"敬天长"，我没说，只是问一句，你回家看父母，又看的是什么？

第二部分 / 扶贫路上

远去的鸽子

从孤家子到长发，有一条捷径，穿过两个村庄，再走十公里土路。

稻子扬花时节，我背起行囊，踏上那条十五公里的捷径。路边商店购置了面包、香肠、五香花生米，当然少不了一小瓶"二锅头"。活在东北总是多几分自在，尤其是东北腹地四平，不用担心地震、台风、泥石流、沙尘暴，大地寥廓，天蓝得透明，芦苇和蒲棒相互纠缠，蜻蜓和蝴蝶也自由地飞翔。一个人行走在这样的情境里，总想抒发点什么。也是平日里养成的习性，走路时或背诵或思考。脑子里装着《论语》《离骚》还有一些唐诗宋词，现在想寻得一丝碰撞，偏偏就找不到对应，是苏东坡的"酒困路长惟欲睡"好，还是刘禹锡的"我言秋日胜春朝"贴切，抑或是辛弃疾的"稻花香里说丰年，听取蛙声一片"更准确些。但无论是苏东坡、刘禹锡还是辛弃疾，无论是放逐还是远征，他们都没有到过东北，更没有在我脚下的土路上行走过，不识得我身前身后缠绕的蝴蝶蜻蜓，或者芦苇蒲棒，这些不属于他们，都属于我。所以，只能恨自己浅薄，恨自己笔拙，抒发不出这暖暖的长秋心境，天地情怀。

如果不是鸽子，自己依然还沉浸在自我怨怼中。鸽子来了，扑棱棱地低空飞翔，十一只，我数得仔细，也数得清楚。我数得仔细是因为鸽子和我相关，那是我们单位扶贫项目。开春的时候，被扶贫压力搞得焦头烂额的单位领导赢取了朋友的同情，答应帮忙。他的那位朋友是肉食鸽养殖基地老总，遍布城镇的"烧鸽子"店铺都是他家供应。老总无偿提供百对鸽雏，提供技术指导，并负责回收。领导像接了非洲大单一样高兴，算盘子一扒拉，得出数字，一百对鸽子每年繁殖出八百对，并以几何裂变式繁殖，能达到上千对，每对市场价值三十元，总计三万元，对于扶贫任务很重的清水部门，这是一条难得的捷径。

经过和村干部研究，先集中到一户饲养，养大了再分散给贫困户，还成立个组织，类似肉食鸽合作社之类，门槛设置也很高，不是特别贫困的，不能进入。

村民都认识鸽子，只是长期和鸡鸭鹅等地面饲养的禽类相处，哪只鸡好斗哪只鹅责任心强都清清楚楚，更不用说如何繁殖如何饲养了。母鸡抱窝时把鸡蛋鹅蛋捂在肚皮下，如果没有母鸡愿意尽义务，就把鸡蛋鹅蛋放进被窝里，掌控好温度，不出一个月，鸡雏鹅雏就会从蛋壳里钻出。炕头垫上牛皮纸，一碗清水一把小米，罩上筛子或者窗纱，既保持通风又防止苍蝇，还便于观察。长到能满地跑的时候还给母鸡，搭个鸡架鹅架，白天院子里溜达，晚上自动回巢，冬天捡拾苞米粒，夏天啃青草或者啄青草里面的蚂蚱，下蛋时自动找窝，下了蛋嘎达嘎达地呼唤主人，既是报功劳也"嘎达"出个"鸡鸣桑树颠"的人间烟火。可现在搬来的是鸽子，毛茸茸的还不会走路，虽然有技术指导，那么多鸽雏也不能放在怀里或者拿到炕头盖上筛子饲养啊！村民带着疑虑，割肉一样拿出仅有的一点积蓄购置更大的笼子，还有肉食鸽饲料。不想，春季的一场瘟疫袭来，年幼体衰的鸽雏没有躲避开，一个一个耷拉下脑袋，无论怎么努力抢救，最终损失了一半，由原来的一百对变成了半百。看来劳动人民总结的古谚"家有千贯带毛的不算"，像真理。剩下的五十对，就该精心饲养了，可天灾过去了，鼠祸还在，而且比天灾更顽固。农村旧柴火垛，藏了无数黄皮子，也叫黄鼠狼。据说那东西扁骨头，多窄的缝隙都能钻过去，特点是专吸禽血，结果，不到月余，五十对仅剩五对半了。不知道这十一只是怎么逃过天灾鼠祸的，反正，它们长成了成鸽，十一只，主人也就失去了让他们繁殖的兴趣，鸽笼门打开，十一只鸽子飞进蓝天。

我一个人行走在那条通往扶贫村的捷径上，看着那十一只鸽子渐渐消失，再也没有了"稻花香里说丰年，听取蛙声一片"的天地情怀了，我听到的只有鸽子在空中飞去的扑棱声。看来，去长发可以走捷径，扶贫路是不能走捷径的，不仅要精准，还要科学。

打 卤 面

中秋节和国庆节凑到一起，齐斌能有点空闲了，女儿放假，把假期分解开，娘家一半婆家一半。娘家这一半排在前面，中秋头一天就回来了，帮他打替班，照顾下"嫁错郎"的孩子娘。有了孩子帮手，他就可以奔村部。昨天市、县几家扶贫单位给送来了米、面、油，还有中秋月饼，他家领到了，是他亲自去领的，可是，还有好几家没人来领，村上通知只一上午村上有人，没来领取的，只能等节后。节后是哪天？今年中秋和国庆赶在一起，小长假，女儿就是放了七天假。七天，那些米、面倒没事，可那些葡萄，如果放在村部搁七天，不变成葡萄泥就怪了。而且，不能让人家村干部和扶贫工作队搬那些米、面口袋了，昨天就是人家一口袋一口袋帮着装上车的，自行车，摩托车和三轮车。他清楚地记得，那个岁数大的，一身蓝装，因为帮他把面粉口袋搬上自行车后座，蓝色服装瞬间就变成了白大褂。他也清楚，这些米、面物品，都和这支扶贫工作队有关，是他们奔波讨要来的，人家给你搞来了物品，咱不能再让人家"上门服务"了。何况，过节了，他们也是有家的，需要回家团圆。所以，他要把上午的时间放在村部，一旦有人来领取，绝对不能让他们伸手，他主动当力工。别看七十多岁，别看戴着比罐头瓶底还厚的眼镜，可这些年和庄稼打交道，体力不差。

村里就一个人，是通信员老刘头，岁数比他还大，正咒骂那些"活人惯的"懒虫们，昨天不来取，大过节的让他也不得消停，还要跑村上来等着，就差把饭喂到嘴里了，这么懒惰，不贫困就怪了，不光这辈子受穷，下辈子还受穷，什么小康路上一个都不能少，对待这帮懒虫，让他们几辈子都当贫困户。他听了想笑。他知道老刘头嘴硬心软，谁家有事都张罗在前面，尤其对待贫困户，有时候遇上急事，老刘头第一个到场。从前没有手机，老刘头就是用大喇叭喊大夫，懒虫大夫快起来，人命关天，你在老娘们被窝也赶紧过来，去张家李家救命。有时喊兽医，劁猪那懒虫赶紧去陈家于家救命，咱长发人命贱，牲口命比人命值钱。老刘头这次咒骂贫困户懒虫，多半是因为外孙子回来了，他不能陪在身边。所以，齐斌就把老刘头打发回去：陪你外孙子去，我在村里帮你守着。老刘头乐颠乐颠地跑了，跑出去不远又转了回来，你外孙子不是也回来了吗？齐斌不正面回答，你是怕我监守自盗啊？

齐斌在村里守了一上午，十六份物品只领走了两份。挨家再打一遍电话，有的家里有人有的没人，没人的就没办法了，葡萄酿成葡萄酒也没办法。有人的却迟迟不见踪影，尤其那个孙大喇叭，屋里闹吵吵的，还有喇叭声，全家人好像在唱戏。真是活人惯的懒虫。把大门锁上，抱着一箱子葡萄就去了孙大喇叭家，米、面我一个人扛不动，你自己不来取就留着喂耗子，饿死你个懒虫。他忽然觉得自己怎么也犯了老刘头的病？

让他没想到，扶贫工作队也在孙大喇叭家，还随着孙大喇叭的调子跟着打拍子，怎么回事？孙大喇叭见他抱着葡萄箱子，还理直气壮起来，谁让你送过来的，显你腿勤快。这个孙大喇叭怎么不知好歹呀！算了，当着工作队的面，不和他一般见识，尤其是那个岁数大的在跟前，咱活得有素质啊！这正是他说的话。那次他把市里脑病专家请来为老伴做康复治疗，就说了句这样的话，二十多年，把老伴侍候得这么干净，是不是奇迹，贫困不可怕，这就是活得有素质。对了，他还有一句话，你做的打卤面，是我吃过的最好的打卤面，就是，卤子有点淡。那次没好意思提醒，校车横幅上写着什么话。孙大喇叭见他愣着，告诉他那些没取走葡萄的，都已经核计好了，土法造葡萄酒，泡上洋葱，送给那些患脑病的贫困户，据说能软化血管。这个办法不正是岁数大的工作队请来的那位康复专家说的吗？

齐斌放下葡萄就进了厨房，烧水，和面，打卤。

三秒的罪恶

那天是愚人节，但事情绝对真实。傍晚出去遛弯，风很大，一位老人在马路中间，像一枚风中摇摆的叶子，脚步向后踉跄，眼看要栽倒。老人离我十米，如果我瞬间冲上去，完全可以把他扶住。但那一刻我脑际闪现的却是突发心脏病或者脑出血，会不会"沾包"，会不会被"讹"，会不会有路人帮我证明。三个"会不会"，只三秒，只那么三秒啊！老人栽倒了，"咣"地一声，脑袋磕在坚硬的油漆路面上，震得我脑袋也"嗡"地一下。不能再犹豫，无论发生什么，都不能再犹豫，跑过去把老人抱起来拖到路边，然后把老人放平放稳，让老人头部枕着我胳膊，试试鼻息，另只手掏出电话求巡警。

这是发生在半年前的事情，地点在地直社区门口滨河路上。半年多过去了，我一直都为那"三秒"的迟疑耿耿于怀，脑袋里还时常响起那声"咣"。无论老人现在什么样子，我都无法释怀。老人身体有毛病，那声"咣"会让老人病情加重，老人身体没毛病，那声"咣"也会把老人摔出毛病。那三秒，带着罪恶，成了人生无数个"三秒"中的黑洞。

不久前带着市作协几位作家去我包保的贫困户邵立财家走访，院子不大，两间平房，屋里屋外都还干净，几只洁白的大鹅对我也不陌生，安静地卧在院里一角落。邵立财七十多岁，除了手脚有点哆嗦外，还算硬朗。妻子刚刚做完白内障手术，厚厚的一沓病例是通往争取"低保户"的路条。那沓病例放在立柜上方的盒子里，邵立财个子矮，只能搬个凳子登上去取。取下病例后，哆嗦着递给我，下凳子时还打了个趔趄。

今天，我坐上回家的客车，北京一导演约我去改戏，我已经预定了下午的车票，一张通往北京的高铁车票，那张车票预示着我梦寐以求的事情有了开局。心里高兴，想起那首歌："这是美丽的祖国，是我生长的地方，在这片辽阔的土地上，到处都有明媚的阳光"。那部倾注了我十年心血的电视剧，现在终于有了回响，一个靠文字安身的人该是什么心情不用赘说。大客车驶上公路，看着窗外的田野、树木、村庄，想一想高铁、北京、导演，还有女演员遥望长河的倩影（剧中情节），我心里也充满了"明媚的阳光"。

就在这时，电话响了，看屏幕显示，是单位领导大名，忙接听。领导告诉我，他已经到了村里，还带着医疗服务队。我说我在回去的客车上，准备去北京，正好你来了，可以代替我驻村几日。顺便还和领导开了句玩笑，晚上把窗户关严，小心黄皮子钻被窝。领导倒也体谅，询问了几句贫困户情况，还没等我回答，电话就挂了。不是电话挂了，而是我手机没电了。问题就在这个时候出现，我想起了领导说的"医疗服务队"，那一定是要去邵立财家的，邵立财也肯定会颤颤巍巍地登上凳子，去摸立柜上那一沓厚厚的病例。想一想邵立财

哆嗦的手脚，站在凳子上会不会栽倒？下凳子时会不会打趔
趄？如果那个趔趄——我耳边仿佛响起半年前那声"咣"。怎
么办？一定要通知领导，注意邵立财的这个动作，千万不要登
凳子。怎么通知？手机没电可以借个电话，问题是领导的号码
我根本没记住。我这个人从小对数字不是那么敏感，开多少工
资自己都不清楚，我电话里记的都是人名。怎么办？半年前的
那"三秒"黑洞，此时正向我张开大口，似要把我吞噬。不
能再犹豫，"三秒"的犹豫可能带来压迫余生的"三秒"罪
恶。情急之下，叫停大客车，慌忙地蹦下去，站在公路中间拦
截过路车。说明情况后，好心司机一边加大油门一边联系我单
位（我竟然没想到这个办法），好在单位人没走空，告诉了领
导电话号，我暗自祈祷，三秒，三秒。终于联系上领导，听说
已经走访过邵立财家了，挺好的。我想问一句"病例"，还是
没说出口，只能暗自嘲笑自己，杯弓蛇影，庸人自扰。再看时
间，肯定赶不上去北京的火车了，心里又多了些懊恼。

但同时，身上也多了份轻松，排除掉"三秒"罪恶的
轻松。

幌　子

村会计老王，细高，长了张慈祥的脸，看一眼就感觉温

暖。昨天商量好的，我在村里等他，一起去镇上选花盆，美化一下庭院。早晨起来，清点一下生活物品，看有没有需要补充的，酱油和白醋不多了，昨晚洗了被单，用去了半块香皂。最主要的还是洗发水、澡巾。其实，所说的选花盆只是借口，我的主要目的是到镇上泡个澡，昨天和老王去看护大田，在大田里当了一天"幌子"，搞得浑身是泥土。

"幌子"一词还是老王告诉我的。庄稼收割以后村民会放荒，把留在田地里的秆稞和稻草等烧掉。过去这种做法是被鼓励的，秆稞灰、稻草灰含氮、磷、钾等多种元素，是天然有机肥料，对土质保养有诸多好处。近些年，受雾霾的影响，放荒也被列进造成"雾霾"因素的黑名单，上级下令禁烧，据说是立体型管理，上有卫星监控，瞬间就可发现。老百姓只知道放荒的好处，对环保意识还不是那么太看重。特别是偏远乡村，开春就下地天黑进被窝，鸡鸭鹅狗碾子磨，几辈子养成的生活习性，被现代元素冲击，还一时无法适应，有的偷偷地跑到田里放一把火，反正秋季没有大风，田野又太大，离村子柴火垛又那么远，不可能造成火灾，顶多是浓烟遮蔽了汽车司机的视线，可这么穷的村子，能有几台车出入呢？村里明知道是谁放的，又没有办法，抓住现行又能怎样？只能是苦口婆心地劝，讲些道理提高提高老百姓的环保意识而已。至多是拿出一些惩罚措施，比如"不优先"，比如"不考虑"。其实村里除了院子里有几垄大葱外，还能有什么资源可"优先"可"考虑"的？

除此，就只能是"晃"。在大田里来回走动，当个移动的"幌子"，有那准备放荒的，看见田里有人，还是村干部，都熟头巴脑的，总不能像杜甫遇上那帮"南村群童"似的"当面为盗贼"吧？而且，老百姓是最容易被感动的，拿心里对照一下灰头土脸的"幌子"们，觉得再放荒真是于心不忍，也就形成了自觉。所以，我们包片的大田，没见一丝烟雾。

没见烟雾也不能掉以轻心，还要继续"晃"下去，直到灭茬机一点一点啃过来。我们能有时间到镇上，是因为昨天晚上下了场秋雨，虽然不大，但足以打湿秸秆，想放荒也不见得烧起来。所以，我和老王商量好，抓住空隙，到镇上，洗掉身上的灰尘。

上午九点，还不见老王人影，想必是被什么事情羁绊住了。一边等待老王一边打开电脑，跳出的第一条本地新闻就是"航空飞镖"国际比赛将在四平举行。虽然远在乡下，我也能感受到城市涌动的气浪，那是城市的荣誉。相比于南方，我们这个城市还是太安静了，据说几任领导都搜肠刮肚找线索，试图把四平推介给全国甚至是世界。可惜四平城市的历史太短暂，没有留下可以扬名的坐标点，想借助名人之光推介，查了祖宗八代才翻出个纳兰性德，还不是在四平域内出生。所以，"航空飞镖"国际比赛落脚点定在了四平，能不是一件大事？想必全市上下都忙了起来，而我却只能在乡下大田里当"幌子"，想想，自嘲地一笑。老王一脑门子汗水地来了，先是对我抱歉，然后摩托车转身，要把我送到大田继续当"幌子"，他自己要去村民吴凤奇家。原来，吴凤奇家丢了两捆苞米秆子，正站院子里骂。两捆苞米秆子，犯得上——老王见我疑惑，说别看两捆苞米秆子事小，气头上说不准就去放荒，所以，要我继续在大田里当"幌子"，他到吴家去化解怨气。

看着老王的身影，想想城里的国际比赛，想想老百姓的两捆苞米秆子，猛地又想起了刚来村上时老王的一句话，我也就心甘情愿地当一个乡村大田里的"幌子"了。

老王的那句话是：老百姓的事哪有小事呀？

我是一个兵

二十年前他是军人，部队经常搞文艺演出，他最拿手的节目是《智取威虎山》里杨子荣唱的"迎来春色换人间"，尤其唱到"穿林海跨雪原气冲霄汉"时只手擎天的造型，威风凛凛的样子，人们就会轰地一声喊出一个同样威风凛凛的名字——王朝。

二十年后，他是贫困户。

二十世纪九十年代，王朝在一次抗洪抢险中双腿骨折，右腿安了假肢，左腿也打了钢钉，再也无法"气冲霄汉"了，只能复员。部队给了一笔抚恤金，花两万就盖了三间砖瓦房，剩余两万存起来，留下点"过桥钱"（乡下人为防备不测留下的急需）。两万，在当时肯定是"巨款"。我曾经就此查过我当时的月工资，三百多一点，按照这个比例，我刨除吃喝需要十年才能挣到手两万。问题是那以后的十年里，货币在中国大地打滚，第一个十年的末尾那一年，我的工资就达到了王朝那笔"巨款"标准，而王朝那笔"巨款"还安详地备着"过桥"。等到第二个十年，货币在中国大地一连串翻了好几个跟头，我的工资达到了三百元的二十倍，而王朝那笔"巨款"怎么样呢？如果按照银行利率，王朝的两万，应该翻番了。可王朝的"巨款"，不仅没有翻番，倒是饥荒翻了番。他的假肢，按照正常的更新规律，每八年更新一次，可王朝是个不肯向命运低头的人，骨子里还有那股"气冲霄汉"的凛凛威风。能下地走动了，就开始侍弄庄稼，还帮外出打工的人家护院。当然护院并不是目的，目的是那个"院"，出去打工的，院子没人经管，他就一边护院一边种菜。开春种土豆，收了土豆种白菜，两茬，每个院子都能实现两千元收入，日子倒也过得去。问题是，这种田间地头的操劳，使王朝的假肢磨损严重，更换频率也进一步加快。而每更换一次假肢，都需要不菲的费用，尽管是民政负责，但民政执行的是八年一次的标准，王朝的那点"过桥"钱，折腾几下就所剩无几，连"买一张旧船票"都不够了。偏偏祸不单行，和王朝患难与共的妻子患了腰疾，无法下地干活，而王朝又到了更新假肢的时候。怎么办？

"给我一个支点，我将撬动地球。给我一个空间，我将塑造一个宇宙。"王朝在部队时不仅唱"气冲霄汉"，也经常鼓励战士这句话。问题是两条腿连支撑在地面上的权利都没有了，拿什么去撬动地球？躺在自己家的炕上望着房箔，怎么去塑造宇宙？好在，党和社会向他伸出了援助之手。扶贫攻坚队伍来了，调查摸底以后，向有关部门呼吁，妻子的腰疾治好了，王朝的假肢得以更新。新的假肢有了着力点，也就有了新的支点，王朝果真就开始向地球宣战了。除了继续以前的"护院"职责外，他又从外出打工的村民手里租了两垧地，培植高品质玉米。王朝所在的地区是常年干旱地区，春天小苗出土到小苗没膝一直需要浇水灌溉。王朝和妻子就整天忙活在大田里。到了秋天，王朝不仅要收玉米卖玉米，还要卖土豆、地瓜、白菜。王朝很快就达到了脱贫标准。入冬前王朝还要展露自己的绝门手艺——盘炕。东北农村每年冬季将至都要盘炕，那是一件又脏又累还没有多少"赚头"的活计，王朝不要那点"赚头"。按他自己的话说，我是一个兵，当初穿上军装的时候，是做出牺牲准备的，如今我不能做多大贡献，盘几铺炕，让人们在"老婆孩子热炕头"的幸福安逸中猫冬，知足。同村几个复员军人，在王朝的感召下，也都恢复了当初穿上绿色军装时的"初心"，发挥着他们走出军营以后的社会温度。王朝不能只手擎天地"气冲霄汉"，也同样不能"壮志撼山岳"地威风凛凛，但他却在创造着另一种"知足"。今年开春的时候，邻居家老人住院，家里没人，两亩水田需要放水。因为限时，过了这个机会就不再供水。王朝拖着残腿去给邻居开闸门，假肢脱落在地上，王朝也顾不得，一点一点爬到水闸前。等到众人发现时，王朝浑身是泥水地躺在水沟里，眼望蓝天，我想，那应该就是一个威风凛凛的战士"塑造的宇宙"。

长城外面是家乡

二十世纪八十年代走红的演员李显刚，听说我在乡下驻村扶贫，以为我在农村抓故事，特意从北京赶来"探班"。我带他走了一家在贫户，一家脱贫户，一家边缘户，介绍了扶贫、脱贫、控贫的经过，他才明白什么是真扶贫，什么是扶真贫，进而明白了"精准"的含义。演员大都眼眶子高感情沸点低，看见我住的村部小炕不到一米五，五元一两的碧螺春，耗子来回比赛的砖头地面，打开碗橱查看下半盘子绿豆芽，两条咸黄瓜，眼眶子就开始潮湿。当听说贫困线是年收入三千六百元时，眼泪唰地下来了，当场言诺拍戏的时候从长发村雇场工，一个场工日收入六百，六天就到脱贫线。还帮我出主意上个养孔雀或者养獭兔的项目，甚至连销售市场都替我规划好了，各大城市动物园，年收入几十万，不仅一个村脱贫，还能带动一大片乡村，眼眶子都高出地面三千尺了。村干部们双脚在长发村土地上都埋进了半尺，不用出屋，就能号脉出哪寸土地长狗尿苔哪寸土地有马粪包，当然能听出这个规划的虚拟性，也都没当回事。我虽然没村干部那么踏地有声，在长发地面上双脚也差不多踩出了老茧，在扶贫问题上当然不会把演员大哥当成年人看待，演员吗！本事就是演戏，戏是什么？把戏的繁体字拆开，是"虚"字加个"戈"，说白了就是"虚晃一枪"。

可让我没想到的是，这老兄还真入了"扶贫"的道，在北京专门为我搭了个场子，什么央八、全总、华艺，都有兄弟捧场。我也明知道这个场子还是悬浮在三千尺高空之上，也要硬着头皮往北京跑，无论如何也不能违了老兄的美意呀！绿皮火车硬座一百一十五元，往返需要两百三十元，住宿问题不用操心，他在玉泉路的文化公司，没有床铺，偎沙发，反正是走个过场。花两百三十元跑一趟北京，这一路上能观赏到盘锦大苇塘、山海关、燕赵大地和德胜门，还有北京火车站。当然，天安门广场肯定是看不到的，因为去玉泉路要坐地铁。对了，晚上还可以到玉泉路的下一站八宝山转一转。这样一核计，还算值得。

我这一趟去得值，可李显刚老兄就不值了，全总文工团的场地，一看见高大的旋转门我就晕，还有那镶着花纹的红地毯，晃得我连鞋子都不敢往上踩。十八九个人，一看就很文艺，秃头、小辫子、披肩发、络腮胡子，围了两桌，有的在电影里见过，有的在幕后服、道、化（服装道具化妆），一壶明前龙井三百元，续水一次五十元，不到三小时，光茶水就过千。而且，这帮文艺兄弟，不要说脚上沾土了，鞋面上落点烟灰都要跑到擦鞋机前打一遍油。帮我设计的项目不是高出地面三千尺，而是三千丈。什么东辽河水力发电厂、关东大寺庙、高尔夫球场，就差没把长城搬到长发村了。经过论证，推翻，重新设计，再论证，再推翻，直到饭桌上还在一边喊酱香型、八只脚一边设计着"长发村袁隆平农业大学"，就连召集人李显刚老兄都觉得谱离得太远。我明知道结局，也不得不端起酒杯，酱香味刺鼻子，拔下八脚螃蟹的一只脚，咬一口硌牙。放下酒杯学大观园里的刘姥姥，给这帮文艺兄弟们挨个弯腰"纳福"，也不打招呼就直奔火车站。没有直达的绿皮火车，要在山海关转乘，麻烦点就麻烦点，至于李显刚老兄，他会理解，过了五十岁的人，六根迟寡，色声香味触法也都有了定性，宁可绿豆芽咸黄瓜，也不愿在旋转门里面走红毯逛绿灯。绿皮火车走走停停，在连接处连续抽几颗烟，嘴里还有螃蟹爪子味，身上的酱香型也没散尽。临近秦皇岛到了饭时，定了盒饭，还有一听燕京啤酒，喝口啤酒吃一口盒饭，两口就没了食欲。

回到乡下直奔厨房，叮叮当当地炒了盘绿豆芽，拿出本地产小烧，一米五宽的小炕摆上炕桌，对了，还有两条咸黄瓜。就口绿豆芽喝一口小烧，回想着旋转门里面的红地毯、酱香酒、八爪蟹，不知不觉地想起了那句歌词"长城外面是家乡"。

穷　棒　子

老齐头堕入贫困，完全是因为小点子。小点子歪点子多，有一次到城里吃了碗李先生牛肉面，吃饭中内急，就钻进厕所，茅坑里有个蹲客，手里搓揉画有李先生头像的餐纸。小点子似看出了问题，非要打电话给李先生总部，要给人家出个点子，还扬言收取十万元知识产权费，被饭店当吃霸王餐的报警，经过审讯才知道小点子看出的问题确实存在，李先生头像印在餐纸上，容易让别人拿他头像揩屁股。老齐头有一年押猪，借了两千块钱买回五个猪羔。农村养猪风险大，不仅要防止瘟疫，还要预判好肉类市场。所以，农村养猪，被称为押猪。老齐头那年押猪，没押对庄，全国猪肉市场稀烂，比上一年还低。眼看着过了六个月生长期，过了六个月猪不再长肉，再养下去白搭人工饲料。正着急中，小点子来给他送个点子，把六头猪送给小点子寡妇丈母娘，当彩礼，就算猪卖不上价，人能娶到家，不能人财两空啊！老齐头倒是看得上那个寡妇，可他看不上小点子，宁可赔成穷光蛋也不用他的点子。气的小点子骂他穷棒子。老齐头的穷棒子骨气救了他，刚入秋时南方闹猪瘟，要到北方进猪肉，老齐头养猪卖了好价钱，五头猪净赚五千块。有了五千块，老齐头再也不敢押猪了，琢磨着还干点啥。这时小点子又出现了。小点子知道老齐头发了笔小财，给老齐头出点子，五千块钱能抓两头小驴驹，养大了驴肉卖给城里驴肉馆，每头毛驴八百斤肉，最主要的是驴皮，有药材商收购，制作一种叫阿胶的中药，每张驴皮能卖五千，剩余利润，完全可以把他的那位寡妇丈母娘娶到家，当然，小点子也不能白出点子，要五十块知识产权费。老齐头动了心，到城里驴肉馆打听，驴肉价格三十元一斤，两头驴卖肉就能产出五千块，驴皮不算在内。二话不说，很快就买回来两个小驴驹，还给了小点子五十元。买回来却傻了眼，老齐头买的驴是过去生产队时期拉磨的普通驴，不是专门为饭店饲养的肉食驴，普通驴两年也长不成。老齐头灰心，心里埋怨小点子，也没心情经管驴，干脆散养。老齐头成了穷光蛋。小点子这会却赚了钱，小点子用老齐头的五十元当路费跑了趟内蒙古，小点子有个亲戚在内蒙古露天煤矿打工，据说是工长，小点子回来就在家办了个招工中介。长发村在外打工的不少，工地不固定，工时不保障，露天煤矿就没这些啰唆，小点子从中拿了几笔中介费，不多，但在长发村整体收入都不高的情况下，也是一笔小收入。露天煤矿招力工少，招司机多，小点子又看到另一个商机，到驾校走一圈，竟然带回来一台教练车，自己家院子划几道白线，大门垛子上挂出"驾驶分校"牌子，专门为露天煤矿培训司机，又发了一笔小财。露天煤矿司机饱和，小点子开始转型，把目光盯在了老齐头的两头驴身上，小点子跑到老齐头家，言称驴子啃了他家的庄稼，还在驾校练车场拉驴粪球，老齐头只好把驴关起来。小点子立马购了一台小四轮车。

小点子到农户家统计化肥，每户十袋，尽管不多，百十斤的化肥口袋靠肩扛背驮肯定不行，运价也不高，把化肥运到地里每袋八元。这样一来苦了贫困户，日均收入不到五块，每天的衣食住行就在这五块钱里分解，还不包括看病上学婚丧嫁娶的礼份子，拿出八十元相当于半个月辟谷。以前都是用老齐头的驴，也不用花钱，过年过节慰问品给老齐头点就行。现在老齐头把驴子圈起来，只能雇小四轮，咬着牙掏那八十元钱。小点子这个乐呀，算一算长发村四百垧地，每垧二十袋化肥，需要运到田里一千六百袋。一千六百袋就是一万二千块，当年就能把小四轮的本钱赚回来。小点子正得意地盘算着，外面传来了驴叫，听方向不是老齐头家，跑出去一看，老齐头的驴正行走在田地里，这回不是驮化肥，而是用驴车拉化肥，已经拉进田里三十多户，还是老齐头自己赶车，高声大嗓地唱着"穷棒子开花呦——"

大 锅 豆 腐

烧柴火的大铁锅，少许植物油，不放任何佐料，一盆子或者一水桶豆腐也不切开，哗地倒进锅里，慢火炖，蒸汽里溢出的香味相信每个上了年岁的人都不陌生，有的甚至会吧嗒下嘴，吸吸鼻子，目光里流露出遥远的过去，面部敷上一碗豆腐带来的乡愁。

清明节前夕，上级传达了"禁止野外施火"的禁烧令，也就是禁止祭祖时烧纸。其实城里早就禁烧了，农村禁烧实施起来还有一定难度。毕竟，觉悟问题，习俗问题，还有平原和林区的差别问题等等，所以，村干部们要忙起来，十字路口，坟头多的地方，都要有人看护。我和老王负责东辽河大堤下面的一片坟场，连续看护了三天，劝堵了两伙，一伙本地村民，一伙回乡祭祖的。当地村民好办，几句话，在坟头压上纸，磕几个头，宽慰下自己的内心，谁知道阴间是怎么回事呢？看看屯子里一家挨着一家的柴火垛，一旦有一家着起火来，肯定比诸葛亮"火烧连营"还要震撼。回乡祭祖的却没那么容易，大凡开着轿车回来的，一定是在外混出点模样，要么干部要么阔佬，如果是富婆会更难缠。这伙回乡祭祖的开的不是轿车，而是比轿车还高级的大皮卡。也就是说来者既不是混出点模样的干部阔佬也不是富婆，那是什么角色？大皮卡老远开过来，老王就发慌，麻烦了——城里开歌厅的刘家大小姐。据老王说这个主可不一般，沾点屯亲，论起来还要管他叫声舅，自从到城里后就再也没叫过。在城里很吃得开，每次回来祭祖都是三个"四样"，有的咱都没见过。再看大皮卡，横垄地开过来，横冲直撞的样子，压根就没把守着她家祖坟的两个活物看在眼里。前后跳下三个人，都是黑色皮大氅，一个头上三道门，一个扎着小辫子，另一个脖子上刺着老虎头，那场面只有在意大利黑帮电影里面见过。三道门一只手遮住车门顶部，防止下车人碰了头，小辫子打开车门，老虎头把毛毯打开挡风，先是下来一双褐色高跟鞋，紧接着是一身黑貂，头上蒙着黑纱，像巴黎圣母院朝拜的贵妇。站直了才看清，"贵妇"怀里还抱着一只小猫。再看老王，不敢直视，眼睛躲闪地看着别处。我甚至想笑，毕竟走南闯北，怎么说也比老王见过世面。何况，我们四平城刚刚被命名全国平安城，那可不是徒有虚名的。眼前这个主，充其量像"马大帅"的小舅子，拉两个练杂耍的回乡下显摆，或者是电影"老炮"里面的小飞，小青年玩点刺激而已。

三个皮大氅从车里往出搬东西，都是祭品，一件一件往祭桌上摆，橘子、苹果、葡萄、香蕉（果四样），豆腐、馒头、面包、蛋糕（面四样），香肠、烧鸡、鲤鱼、猪头肉（肉四样），还有酒瓶子，一看商标就知道不是一般的货。我们的任务是禁烧不禁祭，看着他们往出搬东西，只要没有烧纸，人家摆龙虾燕窝鲨鱼翅你也管不着。几个皮大氅先跪下，给他们连面都没见过的地下先人磕头，地下先人是否接纳这几个捡来的子孙也未必可知。然后，几个人回车里继续搬东西，果然有烧纸。

到了这个时候我不能不出面制止了，告诉他们这里不能烧纸。大概是这个时候他们才看清坟地还有两只活物，包括被开除的舅，三道门扭几下脖子，小辫子攥紧拳头秀肌肉，老虎头解开上衣扣露出更大的刺青，都在等"贵妇"发号令。

"贵妇"没有发号令，而是蹲下来把一只烧鸡丢在坟头，然后傲慢地看着我，见我没反应，又把鲤鱼倒在坟头，我还是没反应，贵妇端起豆腐，刚要倒，老王的电话响了。老王接完电话告诉我饭做好了，你最爱吃的大锅炖豆腐。奇怪的是，"贵妇"听了，愣怔一下，吧嗒下嘴，吸吸鼻子，吩咐三人，把烧纸丢河里去。老王说河滩上可以烧，那里三面环水。"贵妇"像是没听见，而是目光里流露出遥远的过去，面部敷上一碗豆腐带来的乡愁，端着祭奠的豆腐说，舅，我也想吃大锅炖豆腐。

品　　牌

长发村也有富裕户，比如刘丽英。在村中间开了个小卖店，婆婆照看，一年盘点，虽没多大收成，可孩子上学的费用有了。丈夫盘回一台校车，接送学生上学，刨除成本，年收入万元不是问题。这两笔收入都是小钱，大钱还要靠刘丽英。刘丽英租了两垧地，不种玉米，种小麦，小麦收割后，再种白菜，属于两茬庄稼。刘丽英为什么有胆量走出玉米怪圈？刘丽英有两个市场。刘丽英姐姐在县酱菜公司，收购她家两垧地白菜不是问题。小麦市场是虚拟的，画面里有我们扶贫队的身影。刘丽英的两垧地小麦，在我们眼皮子底下，施农家肥不洒农药，属于绿色产品，产量低点，两垧地能产出一万六千斤面粉，参照普通面粉市场价每斤二元，收入就能达到三万多，除了种子需要投入，每垧地也能净收入一万五。问题是甭管收入多少，都是数字收入，面粉得有人收购，变成商品，才有货币。我去小卖店买青菜，刘丽英吞吞吐吐地说出了自己的想法，农家女人终归不似城市妇女，三十多岁，还没张嘴先就脸红，轻敷淡粉的脖颈渗出汗水，洁净的外衫也显得扭捏，扭捏吞吐出的大意我也听明白了，她想把小麦自制成扶贫代言产品，加工包装都做了设计，还征求我的意见，是叫长发笨面粉好还是叫丽英老面粉更贴切。不管叫什么名字，没和贫困户扯上关系，我也无法帮忙。

　　王兴义就在这个时候出现。王兴义是压在我心里的痛，妻子的病就是一个大黑洞，三十多年一直张着嘴，无论他怎么拼命，也无论工作队如何努力，都不能让黑洞洞口变窄，而且，眼看着年岁日增，快到挪不动脚步了，现在不翻身，以后的日子更难。出现在小卖店的不止王兴义，还有小周，李玉环的姑爷，脑梗患者，虽走路划圈，可体力没问题。他们是刘丽英找来立合同的，出体力，挣分红，无论亏赚，保证每人每年两千元收入。两千元，对于王、周两家贫困户，简直是天文数字。而且，所谓出体力，无非是耕种时帮忙灌溉，出苗后灭虫子拔草，都不用费太大的体力。最主要的，刘丽英是预支，首先支付千元，两家贫困户也都在浇水灌溉，购买种子化肥还有柴油急需资金，也算解了燃眉之急。

我见刘丽英把事情做得这么细致，相信她的"长发笨面粉"或"丽英老面粉"一定能够成功，也就满口答应下来，帮她们打造成扶贫代言品牌，也帮他们销售。当然，我并没有销售面粉的渠道，我只有文学作品的销售渠道。不过，三亲六故七大姑八大姨们，谁家一年还不吃几袋面粉呢？还是绿色产品，价格又不高。同时，为王兴义和小周附加了一项条款，以每垧地收入一万五为起点，多余收入三方平均分红，也就是说两垧地总收入三万元是基础，超出部分三家平均分配，以后每年都是如此。只有这样才能让王、周两家保证连续收入啊！而我的销售压力，也从当年向后延续，不知道会延续多少年。

乡下人是朴实的，没用我做书面保障。上午还穿着利落，到了下午就变了个人。

吃过午饭，照例要去东辽河大堤走一走，看看河水，看看两岸忙碌的身影。还没走出多远，就被眼前的一幕吸引。一台水泵轰鸣，长长的橡胶管子向前延伸，到了田间换成塑料水管，塑料水管上打着孔，水线从一个一个排列有序的水孔中喷出，形成一帘水瀑。三个泥人在水瀑中穿梭，他（她）们都捂着口罩穿着齐腰的水靴，前襟沾满了泥土，三个人合力拖拽着长长的橡胶管，从这个垄沟拽到另一个垄沟，三个人的合力也显然吃力，内中走路划圈的还打了个趔趄，爬起来继续拖拽。我是从走路划圈的人身上认出这个群体的，尤其那个乡下女人，上午还在小卖店的柜台前轻敷淡粉，下午就成了滚泥猴。三十岁左右，正当是青春和丰润一体的年龄，正当是面膜和瘦身一起的时光，正当是歌声和旅行一路的光景，可她却不去寻找那些相伴，相伴她的，只有水管子，还有两个贫困户。我毫不犹豫地抄起电话，逐个下令，从五月节开始，以后的面粉我供应，送货上门，什么牌子？小娘子精细面。

自来水风波

应了那句"眼里不揉沙子"，纪检委老徐，到村上检查扶贫工作，第一眼就看到了装水的塑料桶里有沙子，拿起水舀子试试，还是浑炀炀的。拧开水龙头，不是给水时间，但从沉淀了几个小时的水桶里已经看明白了一切，长发村饮用水不达标，最起码水质不清。老徐警示我脱贫的标准，最主要的一条就是饮用水问题，饮水不达标就是假脱贫，那可是要负责任的，而且不是小责任。老徐也知道凭我一介小文人，不可能解决偌大的问题，还是步步紧逼地提示我有问题没发现，属于不称职，发现问题解决不了，属于失职，解决不了又不向上反映，属于渎职。老徐一连串的专业术语吓得我连夜给扶贫办写了情况汇报。

接下来的反应是，村干部给我打电话询问，口气里明显有埋怨。村干部投鼠忌器，担心这样一来得罪上边。一个小小的行政村，见了小鬼都当神，两块土坯搭成的庙都得磕头，何况是水利部门，那是什么庙，随便拉拉点汤水都能把小村淹没，村里争取到的几段砂石路，都是这座庙投的香火，巴结都巴结不上，我却给吹凉气，那几天驻村，村干部都躲着我。

镇上的反应是不该捅到上边去，说大了这是越级，自己家的事自己协调，说穿了也是不想得罪那尊神。那几天（也可能是我多疑），镇上扶贫箍突然就拧紧起来，尤其对我这个不会"丁丁"软件的。又过了几天，市里相关部门就找上我，言称驻村时间少，要全市通报。

我当然不服气，翻看全市扶贫队员，谁年岁最大？哪个扶贫的自己掏钱给村里铺路面改善村容？又有谁把补助费拿出来给贫困户换防寒门？不看这些，看看六十多篇扶贫笔记，如果去的次数少，瞎编也编不出来。《人民日报》《吉林日报》《文艺报》等平台可不是随便发稿子的。单位领导也为我抱屈，忙去询问原因。得到的答复是下边要求换人，原因有三，一是级别高第一书记不敢管，二是扶贫的事独来独往，三是驻村天数不多。三条"罪过"搞得我都想笑，级别高也算过错。那就矮下身子，给想管我的人装孙子，继续洗碗刷锅做饭，多在村里蹲一些时间，反正单位再也派不出别人。

没过几天，水利部门呼啦啦地下来一溜车，看到我在场，仰着鼻子说："长发村自来水是经过疾病预防控制中心检测过的，达到了安全饮用水的标准，没一点问题。"还话里有话地扔下一句"长发的水养人"，村干部也跟着附和："没问题没问题，长发的水确实养人。"然后向我挤眼睛，那样子就像孙子遇到爷爷，生怕我对他爷爷们不恭敬造出点什么差池。直到把爷爷们送走，看着浩浩荡荡的车队扬尘而去，才放下心地长吐一口气。

我当然明白水利部门留下的"养人"是说给我听的，一想这些天接连发生的事情，心里不服。早晨六点给水的时候，让四社队长刘树海拿着手机拍照，我找来三个矿泉水瓶子，每隔十分钟，分三个阶段灌满三瓶子水，打上包以后准备去省疾控中心检测。

正准备出发，村干部来了，喜滋滋地告诉我们一个好消息，水利部门要给长发村打一眼深水井，地址已经选好，以后自来水就不会这么浑了。我疑惑，不是"经过疾控中心检测合格"吗？不是"养人"吗？为什么还要给打深水井？难道不想"养人"了？村干部见我较真，吓得忙把我当成了爷爷，说爷爷能不能不这么较真啊？你级别再高，能给我们路面硬化吗？能给我们打深水井吗？能给我们抗旱井全覆盖吗？看着村干部可怜巴巴的样子，我再想较真都没了心境，由着去吧！只要村民喝上安全水，个人受点窝憋不算什么。

新井地址选在了二社身后，距离土地庙几十米，开工那天村民喜笑颜开，给土地爷上了香，闹哄着要给土地爷供猪头，感谢土地爷给他们送来了自来水。那天我去了现场，路过土地庙时我趴在庙门口往里看，土地爷没现身，在香火缭绕中我眼前却出现了老徐。

绿 口 袋

随着小广场建起来，文艺活动多了，孙大喇叭成了一名文艺骨干，带头蹦跳，激活了很多自认为有两把刷子的草根艺人。小广场文化活动越弄越火，那天县组织部的张部长来检查村委会党建工作，正赶上孙大喇叭和几个村民排演"蓝桥"那出戏，张部长是我的好友，长期在机关工作，可能对乡村文化缺少见识，竟然夸起了孙大喇叭，这老头白瞎了，你要再年轻点，我非把你弄县剧团去不可。就这么一句话，孙大喇叭逢人就说，我认识张部长，那人贼好。因此，这老头嘚瑟得更欢，管什么天高地厚啊，竟然开始当编剧，写唱词。还真就写出来了，那天晚上就写了个二人转"说口"。还当场给我表演："各位老少爷们，今晚来到贵方宝地，咱先唱上三句两句，也别嫌咱唱得不好，也别说咱唱得不济，新戏咱有马寡妇致富开新方，老戏咱有王二姐思夫干着急，想听洋戏咱有美国女光棍希拉里，想听国戏咱有乡村振兴新天地，前半夜咱唱猪八戒背着媳妇瞎拱地，后半夜就唱朱买臣休妻背信弃义——"

我是写小说的，有时候也写点随笔、散记，不懂地方戏，就试着把他的节目送县文化馆去，请他们在刊物上发表一下。只是"说口"这件事我吹冒了，稿子邮给县文化馆半年多，泥牛入海，一点音信也没有，一打听，县文化馆经费紧张，不能出刊。这点小事，不能找组织部张部长捅后门吧？算了，这篇"说口"已经达到了发表的水平，还是拿回我主编的杂志上发表一下，顺便给他划点稿费，稿费通过邮局用绿口袋邮寄，尽管不多，那在长发村，也是大姑娘上花轿——头一桩。

在等待杂志出版的那段时间，孙大喇叭成了高产"作家"，大概是孙大喇叭在外面"不招摇性"时间长，乡俗文化浸染得入骨，写起来也顺手，差不多两天就能写出个唱词，有拉场戏，有单出头，有二人转，有快板书，还有小帽，节目花样翻新，如果排演，就是一台完整的晚会。当然，我没有那个实力把这些唱词全搬上舞台，我也不可能继续帮他，把所有作品全都发表，毕竟我主编的杂志是文学杂志，而且，现在我在乡下驻村扶贫，按要求是要和单位工作脱钩的，只是因为杂志编辑出版工作专业性太强，我无法完全撒手，才有"说口"得以发表，才有了那张通往长发村的绿口袋，二百元。绿口袋和样刊同时到达，在长发村引起的轰动不亚于第一颗原子弹爆炸，孙大喇叭的名字比他的喇叭声还响亮。那张绿口袋被他贴在了立柜上，只要有人进屋，都会在绿口袋前面凝视一会。

当然，凝视时间最长的还是村东头的老吴太太。老吴太太单身，早年也唱二人转，还有个艺名"吴梦娇"，后来出嫁，丈夫嫌唱地方戏的都"不招摇性"，不准她再唱，丈夫去世，人也老了，气也短了，也就彻底和地方戏绝缘。大概是丈夫的熏染，她把唱地方戏的孙大喇叭也当成了"不招摇性"一员，人前人后没少埋汰孙大喇叭，跑腿戏子光棍汉，不招摇性穷光蛋。自从孙大喇叭得了绿口袋，话锋立马就变了，找个借口就去孙大喇叭家，或送个针线，或送一碗大酱，或者是别人家的鸭子吃了小苗，她也把鸭子赶到孙大喇叭家数落几句。

我的一个短篇小说发表，稿费三千，五百元买了一台便携式音响，我把音响拿到小广场上，一曲"追梦人"悠扬地吸引更多的庄稼人，不想事与愿违，连最活跃的老吴太太都不来了，老吴太太在哪？在河滩上，孙大喇叭一声锣响，老吴太太从后台（土堆）转出，一方手帕半遮着脸，犹抱琵琶半遮面地走着舞步，刚要"说口"，河滩地不平整，舞步变成趔趄，引得围观者们哈哈大笑。喇叭一响，老吴太太拉开调门："东京坐下宋主君啊——"

孙大喇叭把绿口袋供在案子上，还摆了香炉。我提醒他超过两个月不取就作废，孙大喇叭也不为所动，那可是孙大喇叭年收入的一半呀！转而一想，也许，无论是《追梦人》还是二百或两万，对他，对老吴太太都不重要，重要的是那跑了调门的喇叭声和犹抱琵琶的舞步。

趁"舅"打铁

"贵妇"又回来了，直奔"舅"家专程吃"大锅豆腐"来了。"贵妇"叫刘飞，十岁那年丧父，母亲改嫁，她随着母亲来到陈长水家。按照介绍人的说法，陈长水岁数大了一点，可过日子是把好手。果然，陈长水"很会过日子"，很少看见他逛集市，无论多热的天也没见他买过一根冰棍，就连端午节蒸鸡蛋糕，都要嘱咐加块豆腐。陈长水最初对她们母女还算不错，三口人，半垧田，不冷不热又一年。可随着年岁增长，花钱的地方多起来，一向"会过日子"的陈长水不习惯往出掏钱，尤其刘飞读初中，需要住校，住校就要有住宿费，伙食费，本来就没多少进项的日子骤然紧巴起来，陈长水的态度就开始冷漠，家里时常吵架。刘飞母亲为了孩子，逆来顺受地跟着刘长水过日子，也养成了"很会过日子"的习性，比如穿打补丁的衣服，比如捡别人家丢弃的白菜叶子，最不应该的是，这个习性差点让她丢命。扫炕时发现了炕席下面的一个药片，觉得丢了可惜，就"很会过日子"地丢进嘴里。一粒过期了不知道多少天的药片，让她折腾了几天几夜，在卫生所花掉了上千元，那是陈长水蹦跶了半辈子的积蓄。可想而知一个连冰棍都舍不得吃的庄稼人，如今又上了岁数，再想翻身比登天还难，所以，陈长水从那会开始对生活失去了信心，开始自暴自弃，开始挥霍，卖了苞米买酒，卖了鸭子买酒，最后连赊来的种子也卖了买酒，醉后借着醉劲耍醉拳。刘飞母亲的脸上总有瘀青，已经上了中学的刘飞当然明白是怎么回事。命运这个东西总是喜欢扎堆，坏运来了，喝口水都能噎死，刘飞母亲就是喝水噎死的。当然，还有前提，她得了喉管癌，发现时已经是晚期。送走了母亲刘飞就离开学校到城里一家歌厅。应了那句话"老天关上一扇门肯定会打开一扇窗"，老天爷给了刘飞一副好嗓子，多灾多难的童年让她内心忧伤， 曲毛阿敏的《鸿雁》，飚飞了无数城市泪水，大把的钞票让她能够在城市立足，并另立门户当上了掌门。当上了掌门的刘飞"不忘阶级苦牢记血泪仇"，她把仇视的目光对准了醉鬼继父，每每想起母亲脸上的瘀青她就牙关紧咬，她甚至认为母亲过早离世也因为醉鬼，母亲和一个醉鬼生活在一起，忍气吞声地挨着醉鬼的拳脚，癌症总是喜欢和抑郁寡欢的人联手。每次回来祭奠，她都要在刘长水家门口停车，目光敌视地看着那几间死气沉沉的房子，想象着那个醉鬼的拳脚雨点一样打在母亲的脸上。她看见那个穷困潦倒佝偻着身子的老头时，恨不得一脚油门冲过去，为母亲抽他几个嘴巴。这些都是在等待大锅豆腐出锅时王大哥和王家大嫂只言片语的介绍。而对于那个醉鬼刘长水我了解得更多。刘长水是贫困户，刘飞母亲去世后他把两口人的地包给别人，每年两千八百元收入，他就靠着这两千八百元过着日子。大锅豆腐还没出锅，香气却溢满了农家小院，刘飞叫了王家大嫂一声舅妈，叫得王家大嫂心惊肉跳，仿佛是魔鬼在对她微笑。刘飞不是魔鬼，一曲"天苍茫，雁何往，心中是北方家乡"，足以透视她忧伤的内心。趁大锅豆腐还热气腾腾，趁着那一声舅还没有降温，我鼓捣老王"趁'舅'打铁"，动员刘飞回去探望下继父。老王试探着把想法说出来，刘飞脸色立马阴冷起来。倒是王家嫂子此时更有章程，端着香气四溢的豆腐说，不听舅舅的话，别想吃豆腐。一句半亲情半责怪的话，让刚刚阴冷的气氛回暖。王家嫂子又说，老刘头该死，可不管怎么说，他养了你十多年啊！刘飞从兜里抓了把钞票，让三道门跟班给送去，王家嫂子却推着刘飞肩膀，两步道，还能累折你腿呀？让你舅陪你去，舅妈再给你炒个笨鸡蛋，皇帝老子都吃不着。

刘飞回来的时候眼圈红肿，原来，刘飞母亲去世，十年里刘长水滴酒未沾，还把属于刘飞母亲的两亩责任田租金攒了起来，一万二，就等着刘飞。在吃大锅豆腐的时候，我让老王在大喇叭里放一首歌，"恩怨忘却，留下真情从头说——"毛阿敏低矮深沉的旋律，和着大锅豆腐的香气，和着刘飞的泪水，融合进长发村的"人间万家灯火"。

黑　榆

村部大门东向，旁边长着一棵黑榆树，按照左青龙、右白虎、前朱雀、后玄武，对应上了五行之术。东方有木主腾升，长发村东面是玉米带，只能靠这棵黑榆"主腾升"了。

黑榆的年份说不上太老，也不能说它不老，类似人六十五岁到七十五岁之间吧！当然，我说的是常年风吹雨打满面沧桑的庄稼人，和城里人不一样。我见过不少这个年龄段的城里人，力气全用在了遛狗打太极上，像甄逵这样的庄稼人没那个闲情，他要面对炎炎烈日和凛凛寒风，还要和肺心症抗争。

甄逵原来是贫困户，三年前脱贫，现在不是贫困户，当然不在我们帮扶范围内，但我却想帮他。认识甄逵，纯粹偶然。那天在村路上行走，看见一个矮趴趴的房子，院墙是一圈矮榆树圈就的，木栅栏大门，让我仿佛回到了三十年前，门楣是一根横竿，和三十年前不同的是上面贴着当代标语。院内坐着两位老人，正躲在阴凉下扒豆角粒，几只小鸡走来走去，还有一只小狗，两个鸽笼子。我喜欢烟火人间的景色，就推开木栅栏大门。老两口都很警觉，像是受到过伤害，一个握着菜刀，另一个拿起铁锹。我说明身份，列出一大堆村民名字，也没有打消他们的疑虑，还是过路的村民帮着证明，才让他们放下心来。

原来，老两口确实受过伤害，两年前，接到了陌生电话，言称在外打工的小儿子被绑票，让他们三个小时内打款一万二，如果报警或者告诉别人，当场撕票。老两口加一起没受过半天文化教育，再加情况突然，很难辨别真假。家里刚刚脱贫，没一点积蓄，好在，老两口平常人缘不错，求借到谁头上都没一点犹豫。也恰恰怪在了老两口平常为人太过本分，很快就凑齐了那一万二。往下的事情无须赘述，号啕大哭没用，捶胸顿足没用，千诅万咒没用，紧急报警没用，急出肺心症没用，拿根麻绳套脖子上，准备来世托生成小母鸡下蛋还饥荒，可万一托生的不是母鸡而是小公鸡呢？七十五岁的人，七十五年过来了，脸比命重，留下脸，现世的饥荒只能现世还。先把肺心症治好，有了好身体也能干活还饥荒啊！

从医院回来，甄遗老人腰弯了下去，头发秃了下去，皱纹沟壑一样排在脸上。但老两口没有倒下去，屋子里的家当变卖，院子里的活物变卖，左邻右舍都不富裕，谁家着急用钱先还谁家，若是债务没还清前咽了气，抽出房梁卖了。

　　可真要是抽出房梁，却卖不出一分钱，因为房梁已经裂了。甄逵老人家的房子是老式住宅，三间平顶，两根房梁，屋里那根露在外面，黑黢黢的有些年份了，房梁正中有一处断茬，当室立着一根柱脚，整好顶着房梁的断茬处。看了房子我问，为什么不申请危房改造？老人满脸羞愧，那年被骗，给村干部手里借过钱，现在还没还上，哪还有脸面提别的要求啊？甄逵老人不好意思提要求，我却不能不管，把情况向村里反映，村干部们都很惊讶，也都叹息，老两口把脸面看得太重，总觉得被骗是丢人的事，用句歌词叫"把所有问题都自己扛"。很快，国家危房改造申请批复下来，甄逵老人家的房子被重新改造，蓝色的屋顶映衬在蓝天白云下，也映照了甄逵老人那张渐渐生机起来的脸。

　　夏季将尽，甄逵老人的肺心症又发作了，老人拖着病体去卖大鹅，甄逵老人养了三十几只大鹅，现在到了出手的时候，每只能卖百元，正好还清剩余的债务。

　　那天傍晚，还清了债务的甄逵老人来到村部门口黑榆树下，怀里抱着个垫子，老人吼喽着嗓子说天气要凉了，你大娘给你缝个鹅毛垫子，防春寒。我望着老人佝偻着的背影，什么也没说，只是用手抚着黑榆树，抚它的褶皱、苍老和坚忍，抚它粗粝的皮和坚硬的质，我仿佛抚出我父亲沟壑纵横的脸，祖父青筋暴裸的臂和曾祖父褚红笔直的脊。

最后一只小白鸽

按照扶贫检测验收排名，没有产业项目，基本是大头兵背铁锅，队伍后面排着。产业项目，一听到这个名字就犯糊涂，每天面对汉字挖空心思遣词造句的一群人，距离"产业"太远。单位又是穷部门，连简单的帮贫扶困资金都要靠大伙捐（原定春节慰问贫困户每个职工捐二百），上马产业项目，该是何等的困难？所以，当肉食鸽养殖这个项目摆上桌面的时候，领导和大家都喜出望外。什么原因？肉食鸽养殖有"三小"，占地面积小、人工成本小、资金投入小。找一家农户，十几平方米的地面，三米高的网篷摆上草窝，装进百对鸽雏，占地不用花钱，鸽舍不用花钱，百对鸽雏花不上几个钱，项目就算立起来了，还绝对"产业"。是产业就要有产出，把产出部分给贫困户扶贫，效果好了，说不定能带动更多人养殖肉食鸽，未来的长发村也说不定就成了肉食鸽养殖基地。

问题是，这些鸽雏首先要"闯三关"，从别处运来的鸽雏，到了长发，气候、温度、水质、饲料等等都要有个新适应，刚刚脱离开蛋壳的鸽雏，哪能扛住折腾？一百对还没等"倒过时差"就损失了二十对。剩下的适应了新环境，可翅膀还没硬起来，就来了疫情。位于辽河北侧的小狈子村发现禽瘟，死了几只鸡。瘟疫传播途径大多是水土传播、空气传播，小狍子村和长发村之间隔着一条辽河，水土隔绝，空气传播杀伤力极小，辽河南岸的长发村连一只麻雀都没遇难。可麻雀没遇难，幼鸽却没扛住，尽管杀伤力小，也剩下五十对了。五十对鸽子闯过了两道关口，还有第三关。农村旧柴火垛多，是黄皮子的天然居所。黄皮子也叫黄鼠狼，繁殖率极高，需要的食物就多，最美的食物就是禽血，小鸡、鹅雏都不放过，何况鸽雏了，说不定还算换换口味呢！毕竟不是当地特产。又不敢捕捉，只能任其祸害。一场鼠祸，仅剩下了五对半。十一只鸽雏躲开了天灾鼠祸，长硬了翅膀，长成了身体，放出去也能找回家。很快产了第一窝鸽蛋，至此，"产业项目"有了第一次产出，两枚鸽蛋。然后就是孵化。第二窝鸽蛋，第三窝鸽蛋，相继孵化出八只鸽雏，这八只鸽雏的父母是经过了"三关"闯过来的，有着极强的生命力，鸽雏也在健康成长。

　　但是，第四关出现了。上级检查扶贫"产业项目"，百对鸽雏仅剩五对半，第二代有的还在蛋壳里，这是项目评估不准确，盲目上马，上马后生产过程中管理不到位，造成了扶贫资金浪费，至今贫困户还没享受到"产业项目"带来的红利，要问责。只是因为"三小"项目，投资太少，资金浪费还不足三千元，问责起来多少有点小题大做。从这一点上说，当初选择肉食鸽养殖这个项目的时候，还算无功劳也没大过。尽管没大过，也是过错呀！怎么办？穷部门总会避重就轻，续鸽雏，续进去五十对，给五对半元老做伴，或者充下第二代，谁能挨个去检查DNA呢？再说就算不是第二代，算元老的干儿子不行吗？经研究，用我驻村补助款购置半成品鸽子，有一定的抵抗力。我对养殖业一窍不通，迟迟不动。几个人跑到毛家店购回五十对小白鸽，和原来的鸽子组成新的家族。只是，这个混血家族八字不合，不知道是新来的带来了细菌，还是过去的细菌影响了新的成员，不到半月，一只只地躺下了，找技术人员，也没办法，眼巴巴地看着洁白的鸽子在眼前扑棱下翅膀，脑袋一歪。那几天我一直陪在鸽子身边，鸽笼子门口躺着六十多个小生命，包括那五对半闯过三关的元老。最后一只小白鸽摇晃着走过来，脑袋伏在我脚面，眼巴巴地看着我，我却救不了它，甚至，不敢直视，有一只蚂蚁，远远地为它祈祷，或者送行。那会我就想，一个不严谨的决策让一群无辜的鸽子失去了生命，而我，无论是面对那错误决策带来的灾难，还是面对一个弱小的生命，都那么无能为力，甚至，连一只蚂蚁都不如。

一瓶"小二"秋点兵

八点半大客车，十点半到达孤家子，"小二"三元、

"哈红"两元、"涪陵"一元、"吊炉"三元,加油站旁边的稻花香小卖店老板见我进屋,不用指点就把小瓶二锅头哈尔滨红肠等老四样装进口袋里。看着我腕子上的手表嘱托我,东沙岗有五里青稞子路,加点小心。

十一点半,走到一个村部门口,院子里面竖着旗杆,大门垛子上挂着木板牌匾——垦区七里介村。东北屯落起名都有规律,"七里介"我却不是很明白。是老干部彭国才给我做的解读,七里介原来是孤家子街边最贫瘠的地方,早年斗地主,七里介没有地主可批斗,就到附近村子去借,东边的八里界,南边的六里界,西边的五里界。后来,村里的青年嫌丢脸,把七里界的"界"字上面那个"田"给抠了下去,地主都是占田地多的,这里穷得连个小地主都不产出,还有什么资格顶着那个"田"。于是七里界就改成了七里介。彭国才以前在孤家子周边当小官,退休以后闲不住,鼓捣几个农民画家学"建安七子"或"竹林七贤",常到周边郊游采风,自然了解附近村情民意,包括七里介的由来。而且,"四清运动"时他就是七里介的工作队员。他还介绍说当年在七里介吃派饭,赶上 家杀年猪,给他盛了碗猪肉烩酸菜,他把酸菜吃光也没敢动一片肉,临走把粮票压在筷子下面,为此,七里介的老百姓都很拥护他,他被树立成了模范,也才有日后的一步一步成长。我知道他是在给我讲述"马掌"和"国度"的逻辑关系,追忆过往,让自己履历重新轮回是他那代人共性。庄子说过"当一个老人微笑的时候，你总能有新的发现"。我在他的倾诉里就有了发现，七里介的由来，一片肉，还有一台拼装自行车。彭国才说他在乡下走村串户，家里花二十块钱拼装了一辆自行车，他却不骑，走村串户靠双脚，在他看来只有这样才能和老百姓零距离呀！

我正是听了他的"零距离"，才选择了步行，从孤家子到长发，二十五里路小油渣，顶着秋阳，路过镇郊煤场、垃圾处理场，拐进小水泥路，过杂货店和七里介村部，就到了东沙岗子。沙岗子贫瘠，稻花香小卖店老板所说的"青稞子路"两边，"棵子"都不高，苞米穗巴掌长，尽管僻静，那么矮的庄稼地也看不出隐藏着什么危险。一路拖沓地行走，想想屈原的"夕餐秋菊之落蕊"，想想孔圣人的"君子食无求饱"，想想辛弃疾的"醉里挑灯"，不知不觉就想到了背包里的"小二"，但这里不是用餐的地点，每次行走，半路用餐的固定地点是在稻田边的杨树下。那就不去想"夕餐""求饱"，拧着自己思维去想"零距离"。五里路过去进入另一个村庄，老远就听见了鸟鸣，不是农村蹲房檐的麻雀，是蜂鸟，在芦苇叶子上絮窝，离地面一米处，用芦苇叶片缠住三株粗壮的芦苇，上面分岔处絮上细细的甘草，或者是芙蓉，植物的芳香吸引着蜜蜂，手指肚大小的蜂鸟选择和蜜蜂结伴，蜜蜂成了它的护院，不仅能防止青蛙和田鼠偷袭，还能装扮成蜂王吓唬青蛙或田鼠。大自然的万物都有自己的生存法则，蜘蛛结网燕上楼，鸵鸟遇险先藏头，屎壳郎子大头朝下推粪球。欧陆哲学家康德说"要评判美，就要有一个有修养的心灵"。蜂鸟有一副婉转的歌喉，秋凉时节，用歌曲告知即将迁徙。蜂鸟歌曲出现，就意味着到了水田。果然，转过两家柴垛和一片树丛，大地豁然开朗，平展展的稻田一望无际，越过稻田十公里外的小宽镇楼房清晰可见。据彭国才说这是东北第一片稻田，日本开拓团修建，现在的涵闸都还是那个时候的产物。稻田被一条水泥路分割，十里长的水泥路两侧，密植着东北最常见的白杨，树伞下的土墩，就是我的餐桌。铺上报纸，摆上"哈红""涪陵""吊炉"，看一眼稻田嘬一口"小二"，从历史深处招来屈原、孔子、辛弃疾，从七里介招来"一片肉""自行车""粮票"，又从村庄的炊烟里招来贫困户邵立财、李玉环、王兴义，像那位"了却君王天下事，可怜白发生"的将军"沙场秋点兵"。脚下蚁洞蚂蚁频繁，用树枝挑开浮土，继续点兵，竟"点"出二十一瓶"小二"。

拾　穗　者

　　我已经在乡下扶贫整整一年半，很多关心我的文友劝我早点结束扶贫工作，原因是费力不讨好。还有一个原因，大小是个副处级，年过半百，听命一个牙医吆五喝六，丢份？其实他们错了，我不是为了讨到什么"好"，也不是为了"份"，我是因为一个"命"，不是领单位的授"命"，到农村发现美是一个学人的使"命"，和泥土结缘是我本人的宿"命"。

这让我想起国产电影《立春》里的主人公王彩玲，她是一位小学音乐老师，生存状态是可笑的，也是可悲的，老天爷给了她一副好嗓子，她却把天资当天梯，放弃了本职工作跑进城里，想一夜成名。但因为家贫貌丑，终于还是败下阵来，险落得个沿街乞讨的境地。说到根子上，艺术并不是她的生命，她追求的不是艺术本身，而是假借艺术成功而成名。我不知道这里是不是包含着王彩玲们飞黄腾达的梦。无论文学、歌唱、舞蹈、绘画，真正对艺术的热爱，自然就会照亮人生，又何必彪炳副处级正处级，何必追求那种把自己凌驾于牙医和善良、朴实的老百姓之上的孤傲呢？

其实，立春的时候，艺术就在这北方小村的角角落落，在无数个看似灰色的背影里隐藏着，在田野又是青纱帐的季节转换中萌芽着。而生活从来就不在别处，生活就在你的内心，至于齐家治国平天下的事，还轮不到你去"协与万邦"。只是没有对美的本真热爱，我的这些朋友，也包括王彩玲们看不见而已，所以才看似满眼流光其实满眼荒芜地劝我逃离。

好吧！现在就拿起镐头，把皮鞋套上塑料口袋，去翻院子里的那半亩方塘。汗滴落地有声，新土泛着清香，一锹土，一镐头，安上压水井龙头，坐在小花墙上压水。想起那个制作出千古绝句"问君能有几多愁，恰似一江春水向东流"的亡国皇帝，谁知道他的另一首诗却是那么洒脱："浪花有意千重雪，桃李不言一对春，一壶酒，一竿身，世上如侬有几人。"就觉得他当初真不该当皇帝，当一个"一壶酒，一竿身"的乡野村夫该多好。可惜的是，世人都说神仙好，唯有功名忘不了。所以，朋友相劝，虽是好心，却不知我心。劳动的动静惊动了过往行人，很快，开小卖店的王四哥来了，送来了电瓶，他还兼任村里的电工，拉电抽水浇园子，省却了我的很多体力。三社原组长刘长福来了，还带着刘家大嫂，去年秋季出工收土豆子，一天赚了三百元，足见其农活水平。几个人合力，半亩方塘很快就变了颜色，绿色的韭菜和水葱。贫困户王兴义还别出心裁地点种了两垄粘玉米。大概是王兴义太珍视土地，把诊所门口的砖也翻了起来，种上了向日葵。还有我屁股下面坐着的花墙，木质框架里续上土和鸡粪，栽上辣椒苗、西红柿苗、茄子苗。三十米长的花墙，也成了我的园田，不，不仅是我的园田，也是王兴义的。一个厕所都窄修腾出空间种玉米的人，是不会把院子当菜园子种植茄子、豆角、土豆的，那就把村部的花墙腾给他，打上标签，贫困户王兴义园田，完成他菜园的同时，也让他和家人体会到青菜上桌的清香。

这个下午天空依然灰蒙，这个下午背影依然灰淡，这个下午没有音乐伴奏；这个下午没有彩笔生花，但这个下午才真正属于艺术。我在那一镐头一镐头的刨土声中，仿佛听到了

"世上如侬有几人"，我在那涓涓细流的流淌里仿佛看到了"浪花有意千重雪"，我在王四哥、刘大嫂、王兴义的身影里，仿佛找到了法国画家米勒的麦田。

一年半了，这个乡下小村的小院，还有室内的小土炕，都那么格外地温暖。是啊！一个人只要内心有光，每一分，每一刻，每一天，都那么值得珍惜。回望下已逝的时光，矫正一下朋友的心态，做一回米勒《拾穗者》中的农妇，灰头土脸地在收获过的大地上，细心捡拾起被不经意遗落掉的每一棵麦穗，然后，把她饱满着一春一夏一秋的阳光收入怀中，在天气变冷的时候，暖一暖后背，再暖一暖前胸。

第三部分

最后一个贫困户

陈 嫂 脱 贫

长发村距离孤家子镇十五公里，距离小宽镇十公里，距离辽河北岸八屋乡二十公里。三个乡镇都有集市。按照老祖宗历法，逢五孤家子有集，逢六小宽，八屋逢七。每月阴历初五、十五、二十五孤家子有集市，以此类推。集市分大集、常集、小集，日期编排也都错落开，孤家子大集逢五，小宽大集逢十六，八屋大集逢二十七。赶集的大都选择一个去处，大多是选择大集，很少有孤家子、小宽、八屋都去，大集、常集、小集都赶的。

有一个人例外，这个人叫吕谦。吕谦是四社村民，七十岁左右，妻子早逝，孩子在外打工，一个人在家种地，却在长发村界面上种出个富裕门庭。农村老人风吹日晒，长相比实际年龄老。吕谦相反，七十岁的人，脸上无褶皱，尽管头发花白，但据说五十岁就这么白。用句时髦话叫"超前拖后"，用句农村话"秋头子的女人叫秧子的猫，倒春老头子骚弯腰"。吕谦腰有点弯，是不是"骚"弯的却不得而知。但关于吕谦"骚"的传闻却不少。

有人说吕谦在孤家子有个相好，卖豆腐的，有点风姿，人称"豆腐西施"，吕谦总去孤家子赶集，总是和"豆腐西施"谈笑，俩人眉来眼去那"骚"样，正经人看不下去，吕谦不买豆腐，为啥总去找"豆腐西施"？有人说吕谦在小宽有个"卖油娘"，在集市旁边的粮油商店，吕谦去小宽赶集就是为了和她约会，不信？吕谦只要去小宽，准保进那家粮油商店。有那好事的，拿眼瞭，吕谦果然进了那家粮油商店，出来的时候也没见他买大米、豆油呀！还有人说吕谦在八屋有个"老秋子"，二十年前的坐台小姐重返江湖，人老色衰后只能勾引老头子，平常戴着口罩，看见集市上走过来个穿呢料的老头，笑颜迎上去，掀开口罩，让老头子相看，中意了，直接进旁边的"秋肥"饲料店。吕谦去八屋，就是穿呢料。而且，那家卖饲料的门牌也说明问题，秋肥，就是告诉人们这家有"老秋子"，还很肥硕。

于是，吕谦赶集，被戏称吕谦赶妓。有那上了年岁的老好人，劝村里人不要笑话，无论是赶集还是赶妓，毕竟一个人过日子，灯笼杆、独木桥、单身汉、霜打瓢，冷冷清清的容易吗？还有那"守土"意识强的，同样拿出自己观点，兔子没吃窝边草，反正没在本村找，只要不败坏本村妇女名声，玉皇大帝逛窑子，王母娘娘不管，你跟操那份闲心做啥？

也有那理性一点的，比如陈家嫂子。她认为吕谦赶集，不是找女人，吕大哥尽管"倒春"，可毕竟七十出头了，身板再好，也不能初五"豆腐西施"初六"卖油娘"初七"老秋子"吧？还要每月轮三回。陈家嫂子丧夫，孤身，是最近识别出来的贫困户。她比吕谦小十岁，以前别人撮合，嫌吕谦"早秋"，现在吕谦"倒春"，她倒成了"秋头子女"。村里人把"秋头子女"比喻成秋天的苞米，大田的苞米秋头子的女，炘不熟烤不透搓不起，只能晾在地里等着风干入库成安全米。听说了这件陈年旧事，就动员吕谦带她脱贫。吕谦念起旧情，帮她租了一坰地，种黄豆。她不解，黄豆价格稀烂，种的都亏了，没有几家再种的。吕谦也不解释，帮她交了租金。到了秋天，黄豆价格比去年还烂，正要埋怨吕谦，国家政策下来了，每坰地补偿八千。陈家嫂子一夜脱贫，怀着感恩的心情去还吕谦的租金，问吕谦为啥掐算那么准？吕谦告诉她："孤家子的豆腐去年两块二，今年两块，小宽粮油店的豆油去年八元，今年七元，八屋饲料店的豆箔去年三十元，今年二十五，豆制品价格下降，今年种黄豆的人肯定少，价格会涨起来。"陈家嫂子不解："大豆价格并没长啊！"吕谦义愤："都是美国搞的鬼。我听张工作队员说美国故意压低大豆出口价格，搅乱中国大豆市场，价格低谁还种啊？中国农民都不种就得从美国进口，到那时多高价格你都得买。天天赶集，千算万算，谁能算计到美国去呀！这次多亏了国家，发了补偿。我听张工作队员还说这叫什么，宏观调控，要不，在你这，我就是袜庄子进咸菜缸，彻底臭了。"

一句长于两年

"长"，有两个发音，cháng，比如长度，zhǎng，比如增长，本文的"长"取音后者。

市里加大扶贫力度，每个贫困村除了原来的扶贫主体单位外，还动员一家国企加入到扶贫阵营。长发村这次命不错，对口的是电业局。电业局是老称呼，新称呼是什么我也不是很清楚，只知道这家单位牛，我的一位朋友就是这家单位职工，不是干部，是底层库保员，也就是过去农村生产队的保管员，同更夫、看青的差不多。就是这样的角色，不要说家居多么气派，仅就抽烟的牌子都能把你上眼皮拽大。

扶贫单位的领导在扶贫问题上一般都是逢年过节下村一趟，带着礼品嘘嘘寒暖，热情有了。春耕生产时再下去走一趟，抓把泥土过过指缝，行动有了。当然，也有把态度热情和行动通过汗水表现出来的，比如我单位领导，不顾自己身体欠佳，顶着春寒驱车百里送鸽雏，还必须敞着车窗，因为车后备厢装的鸽雏，需要通风良好，否则车内渗进的尾气或者机油味就能把鸽雏熏死。都知道东北的春寒是个什么样子，狗往屋里钻，麻雀守房檐，兔子不下山，十个冬日不如一个春寒。也都知道汽车在寒风中运行敞着车窗意味着什么，相当于给寒风上了"加速度"，那也没挡住领导在脱贫路上洒下汗水的意志，实现贫困户及早脱贫的愿望。面皮都吹出了裂痕，用创可贴贴上。这样的"创可贴"领导，无论态度热情还是行动，都能打百分。领导带头了，你驻村前线的能不着急吗？还要领导把机场修到长发，用飞机运鸽雏吗？

于是，驻村的也给自己"加速度"，两条腿在长发的路面上紧着倒腾，从这家田头到那家炕头，从这家菜园子到那家鸡窝，从这家牛棚到那家猪圈。城里有一群"走圈"族，围着广场或者河沿转圈，手机上还有个计数装置，帮你记录"走圈"的步数，一般都是日行万步。我没那个设置，我走路不是"走圈"，我是在"走土"，乡下的泥土雕刻着百姓的脚印，承担着一方水土愿望，记载着贫困户的冷暖。"走圈"不会走进邵立财家，观察邵立财还有没有生产能力，有多大生产能力，是能饲养鹅雏还是能饲养猪娃。同样，"走圈"也不会走进李玉环家，看着院里的残井，给四社小组长刘树海分派任务，把井管子从地底挖出来，或者把露出地面的那部分截断，一户人家两个常住人口一双行动不便，绊了跟头还没等脱贫就变得更贫。当然，人工钱我支付。"走圈"不会走出一份清单，张淑琴还没有完全丧失劳动能力，庭院一角可以盖鸡舍，养殖规模在百只左右，预算资金千元。邵立财已经拄拐，脚力有问题，但视力没问题，妻子白内障，视力有问题，但腿脚没问题，如果二人互补，取长补短，在院子里养殖五十只大鹅没问题，预算资金千元。王兴义身体亚健康，最大的负担是卧床不起的妻子，风湿性疼痛时刻发作，不能离开左右，室内经济利用炕头培植地瓜苗，室外经济小型棚膜培植西瓜苗，预算资金在千元。还有杨喜文、吕斌等，三十一家贫困户，除了完全丧失劳动能力的九户，其余二十二户，都有发展庭院经济的能力和空间，而且，鸡架鹅舍都不需要多高的工艺手段，户主自己就能完成，整体投资成本并不高，两万元足够了。领导本以为自己使了那么大劲，脱贫的愿望早就实现了。看着清单，才知道扶贫路还很长，又觉得扶贫工作指望上一个老干部是高明的决策。只是咱是一个普通的扶贫队员，等等看，看扶贫队长那边有什么动作，观望一下。就这么观望了月把，还是没有动静。正要催促下"走土"的清单如何落实，国企扶贫政策出台，领导的盼望露出头，标牌是电业局，兴奋得脸上又裂痕，创可贴敷上就去对接。回来后创可贴闪着光，电业局答应来年施工从长发村雇农民工，为了这份清单，你走路走出去两年的路程，我去电业局就一句话，比你两年都管用。

编外贫困户

脱贫攻坚已经过去了一年多，现在到了关键节点，贫困户有的经过精准识别，被排除在外，有的经过帮扶，也达到了脱贫线，全村由最初的七十一户贫困户九十七位贫困人口，减少到三十九户五十一人。和我结对子的五户六人，一人去世，其余四户五人，都有了固定收入，不多，每年五百元。哪来的？

年初研究冲刺方略时，单位就有了准备。文联是文艺工作者和广大艺术家的桥梁和纽带，每年一次的文艺展演周，就是让广大艺术家在"纽带"上起舞。文艺展演周是纳入到财政预算的文化项目，还是按照上一年度的方式和标准，分拨给各协会和会员团体，在舞台租金上抽条，在服装道具上抽条，在灯光化妆上抽条，演员们付出辛苦，帮"艺术家的桥梁纽带"个忙，嘴里夺食一样夺回两万元。投入到乡农经站，由乡农经站经营，在保证资金不流失的前提下，每年能得到分红两千二，全部分给贫困户。和我结对子帮扶的四户五人，就是这么增加了五百元收入。还有市里、县里和乡里，还有其他包保部门，凑起来也达到了上千元。至于节日慰问品，领导红包，健康扶贫，教育扶贫都还没计算在内。这样一对照，我的扶贫压力不大，四户五人脱贫，只是手续问题。剩下的只要时刻关注到贫困户的临时困难，随时帮扶，也就够了。比如邵立财妻子患有白内障，手术不成功，马上通过关系联系上专业医院咨询，虽然没有解决实质性问题，但也让贫困户感到了温暖。比如李玉环住院手续不能及时拿回来，耽误其低保申报，也是通过关系联系上医院，及时解决。

我包保的四户五人，实质上已经脱贫了。那么，怎么又出现了"编外贫困户"？

下乡扶贫不会开车，不会骑摩托，来去不方便，总有一种对不住谁的感觉，所以，每次行走在小水泥路上，总是尽量避开熟人，发现前后来了车辆，要么拐进田地，要么掏出手机假装拍照。那日我顶着烈日，从孤家子行走到长发地界，因为走得急，汗水流的多，再加上中午野餐时一根"哈红"和一袋"涪陵"，都是重盐分食品，随身携带的水杯已经见底，从茶梗中挤，也仅仅是湿润下嘴唇。远远地看着村部院子里的红旗在向我招手，就加快了脚步。不想，动作越快，汗水越多，干渴越甚，甚至对路边的水沟子都开始向往。只是这个夏天过于干燥，水沟子也快见底，干裂的沟底躺着蛤蟆的干尸，还有水獾子伏在一汪死水上，这样的水喝一口会不会中毒都未必可知。那会我就想，人生最大的痛苦，不是情场失恋，不是官场失意，不是商场失手，而是干渴时没水喝。

帮我解决痛苦的是王兴义，我认识他，三社西面第三户，在贫困户调查期间去过他家几次，妻子患风湿病三十年，卧床不起二十年，王兴义侍候妻子二十年，侍弄庄稼五十年，只有侍弄好庄稼，才有实力侍候妻子呀！实力是什么？就是这满院子的玉米，我去过他家厕所，仅能容下一人蹲身，结余下土地种植玉米，前后左右的玉米棵子包围了房舍。他要靠这些玉米增强自己的实力，否则，风湿病可不是头疼脑热，不仅自理困难，疼起来咬碎牙也扛不住，治疗风湿病，没有一定的实力是不行的。这样的贫困户，任谁都不会攀比。包保王兴义的是县里来的工作队员，也下了力气，帮他脱贫，他现在已经不是贫困户了。王兴义骑着自行车，满头汗水，到了我跟前跳下自行车就递给我一个矿泉水瓶子。我来不及多问，抱着矿泉水瓶子咕嘟嘟地喝下去，里面竟然有茶叶，显然是后灌的。王兴义告诉我，他刚刚搭便车过去，看见我在水沟子旁边找水，到家里还没来得及还邻居药费钱就赶来送水。不是脱贫了吗？买药还需要借钱？王兴义支吾了一下，快七十岁的人，面有羞赧，脱贫了脱贫了，药费钱不是现在借的，是早年拉下的饥荒。我明白了，对于王兴义来说，三千五脱贫线只是一道杠杠而已，让他真正摆脱开贫困，不知道要超过那道杠杠多少，所以，他是我"编外贫困户"。

十 二 棵 树

我在去年春天炮制的文章《七十一棵树》，至今还黏糊在电脑磁盘上，不肯隐身。偏巧，长发村贫困户也是七十一家，那七十一家贫困户，就像站立在长发村水泥路两侧的七十一棵树。或者说，那七十一棵树，就是七十一家贫困户的标志。

到了现在，一年过去了，那七十一棵树怎样了？

沿着村部到四社的小水泥路，两千米长的距离，路两侧稀落的白杨树，在春天的荒芜中显得孤单而凄凉。从一头数下去，白杨树数量有了变化，去年是七十一棵，现在已经变成五十九棵了，减少了十二棵。五十九棵树排列在两千米长的水泥路两侧，平均七十米的间距，还在顽强而徒劳地尽着"防护"和"防风"职责。白杨树已经不是"白"杨了，树干根部颜色进一步加黑，标注着"吉视传媒""有线电视""联通公司""移动公司"的黑电线杆子和黑色的电缆穿插其中，看着像"指环王"里面的黑森林。树干根部有的被啃去大半，甚至啃穿了树身，露出龇牙咧嘴的黑洞，有风从这棵树的黑洞穿过，再到另一棵树的黑洞，像是排练一场黑管演唱会。空中的风拽着树梢，拨弄着电缆线，又像是在弹奏弦乐。弦乐和管乐合奏出断断续续的曲调，听着像呜咽，又像哀鸣，抑或咒语。

白杨树在呜咽什么？又诅咒什么？

那些树早已过了采伐的年龄段，高大的树身，巨大的树冠。众所周知，树多高根须多长，地下的根须和地上的枝杈成正比，根须吸纳着地下水土滋养，树冠遮蔽了头顶阳光雨露，那些生长在树下的玉米，被剥夺了地下地上的营养，年少时枯瘦干瘪，似无奶水的弃婴，长大后褶皱癟瞎，似潦倒落魄的邋遢老头，看不出一点生机。于是，田地的主人，在庄稼收割以后，对那些树施刑，方式就是镐头剜或者斧头刨树根部，面朝西南方向，剜刨出一个凹形树坑，像剜掉颗巨大的肿瘤。留下的伤口明晃晃地晾在阳光下，晾一个冬天，伤口在风吹雪打中结成厚厚的干痂。来年开春，选择个月黑风高的晚上，柴油或者汽油浇敷在干痂处，点上火，干痂被烧掉。树根部主干，就像嵌进一口黑锅，有的露了底，成了黑黢黢的洞，像野地里挖出的头颅，眼睛空洞，有风从眼洞穿过，就会发出刺耳的呜咽。为什么不用锯子？因为那些树是"官树"，没有官方的采伐手续，谁都不敢动，动了就违法。只能选择镐头斧子。这就像，用刀捅死个人是杀人，用指甲长年累月把人抠死，只能算虐待一样。于是，被虐待的树发出诅咒，快给我来个痛快的吧！为什么选择面向西南？因为北方开春时风向都是从西南向东北，开春的几场大风，豁开封冻几尺的土地，豁开厚厚的坚冰，当然，也能推倒那些经过了斧凿火燎的"防护树"，而且，一旦推到，断茬也定是在镐头斧头留下的伤疤处。这不，仅一个冬天过去，就少了十二棵，半人工半自然死亡。那十二棵树，树干没了，树根还在，黑黢黢地裸露在野地。

按照脱贫标准，扶贫队到贫困户家做统计，原来的七十一户，经过帮扶，还剩三十一户没有脱贫，减少了四十户。白杨树减少了十二棵，贫困户减少了四十户，看样子脱贫比弄死白杨树容易。问题是，长发村没有产业项目，那四十家是怎么脱贫的？没有长期有效的收入支撑，脱贫后能不能返贫？检查对照，十八户精准识别，排除，五户死亡，自然脱贫，九户是光伏发电，剩下了十二户，多方帮扶，部队送钱，电业送米，超过了贫困线，数字脱贫。

那十二户数字脱贫的贫困户，就像那十二棵半人工半自然消失掉的白杨树，终于脱离开了"防护"队伍。问题是，那十二棵树，树干没了，树根还在，黑黢黢的断茬裸露在野地，似提醒我这个扶贫队员，十二棵树留了根，那数字脱贫的十二户，会不会也留根。

绵 绵 心 痛

从立冬到冬至直至大寒，五个节气过去了也没下一场雪，这在东北地区实属罕见。无雪的冬天心里发空，总好像有什么缺失似的。仔细寻找到底缺失的是什么，却一直没个着落。越无着落，空虚来的越甚，直到一场流感袭来，方想起发空的原因，我是在等待这场流感。这么说有些不合情理，其实也很容易理解，没有雪的冬天细菌泛滥，此时的心慌、心悸、心空很容易产生。雪一直缺席，需要有什么东西来填充那个席位，流感应运而生。应了那句"不增不减，不生不灭"。是的，没有增加就不会减少，没有生就没有死。一如贫困户王学忠，出生后躺在襁褓里望房箔，现在卧在炕上望房箔。王学忠是脑病患者，不是我一对一包保对象，贫困户摸底、慰问等，我去过他家几次，那会他还能行走，我们坐在院子里，我还教他制作"洋葱酒"，葡萄酒泡洋葱，据说能软化心脑血管，至于有没有实效，我也是瞎子搂夜游症——抱（报）蒙。王学忠七十六岁，马上就到了七十七岁。如果把人的一生比喻成一本书，王学忠这本书已经翻过七十六页，即将翻开第七十七页，这本书翻过的部分在增加，剩余的部分在减少，可能几页，可能半页，也可能仅剩书眉。正是这场流感把他击倒，倒下后再没有起来。他还有没有站起来的可能？答案是，不可能。

按照医疗扶贫政策，贫困户都安排了定点医院，长发村的定点医院是孤家子镇的一家私营医院和县中心医院，治疗免费，不用交抵押金，患者来了直接住进病房，走时办理完出院手续，除了吃饭，不用自己花一分钱。可这个"出院"，是怎么个"出院"法？我亲身经历的一位中华人民共和国成立前老干部，患病前天天爬六楼，赶上这次流感，进医院（定点）半个月，不仅不见好转，反而预备了装老衣服，子女们对医院医疗水准产生怀疑，信不过能把"小病治成大病，大病治进棺材"的定点医院，转移到上一级医院，这就算"出院"了。还有一种"出院"方式，还是那个老干部，在上一级医院逐渐恢复，回到定点医院继续疗养（康复性质），不到一个月，闭上眼睛"出院"了。子女及其家人不满，称为"感冒死"医院。其实他们不知道，这次流感来的"精准"，专找老年人。这次流感极具杀伤力，老年病房每天都有"站着进来躺着出去"的。这次流感还特别顽固，两个三个疗程治不好的患者多得是。王学忠就是赶上了这个既精准又顽固还杀伤力极大的流感，先是就近治疗，也出现了那位老干部"小病到大病"的情况，也想按照老干部的第一种方式"出院"。但王学忠没那个条件，到市里看病，要交一笔数目不小的抵押金。王学忠家除了仓房还有半口袋大米，连去市里的路费都掏不出来，拿什么交抵押金？而且，到市里看病，还需要有陪护。王学忠患病多年，家里一直都是老伴一人操持，多年劳作积劳成疾，腰肌劳损，手脚风湿，自己走路都困难。就这个样子，也成了家里顶梁柱，就近治疗的时候，十多里地来回搭车陪护还勉强，转移到市里，连医院大门都找不到。第一种"出院"方式行不通，又不想第二种方式出院，怎么办？在医院躺着望房箔，望穿了楼板看不见前景，还要折腾病歪歪的"顶梁柱"，咬咬牙，来个折中，躺着"出院"，但没闭着眼睛。不愿在医院望房箔，那就回家望房箔，从出生以后第一次睁开眼睛就看到的房箔，到最后一眼时也不想错过，那可是家的房箔啊。

元旦将近，随同慰问队伍来到王学忠家，院子没一只鸡走动，没一声狗吠。屋里也很荒凉，王学忠两眼直直地望着房箔，我们进屋，他的目光也没有从棚顶上移开，花花绿绿的慰问品，也没有转移他的视线，一声声问寒问暖，也没把他的目光从上面拽回来，众人离开的脚步声，也没让他转一下眼珠。我走在队伍的最后，一直盯着他，我的脚跨过门槛，他的目光终于离开房箔，微弱着声音，"洋葱酒。"我耳边响起了屠洪刚的"我站在烈烈风中，恨不能，荡尽绵绵心痛——"我"望苍天，四方云动"，我暗下决心，没什么"不可能"。

字　　谜

也可能是我自己多疑，和村干部谈到甄逑，村干部马上就会反问，你怎么会认识他？言外之意就是，甄逑不是贫困户，不是你工作对象，不在你工作范畴。或者，农村的事你管不过来，谁家没个大事小情，谁家没个风吹雨打，既然经过精准识别，已经圈定了贫困户和贫困人口，你就在这个圈子以内做事。你一个扶贫队员，上有第一书记，还有工作队长，在扶贫成员里充其量就是个大头兵。最好还是少给自己身上揽瓷器活，搞不好弄一身油漆，洗都洗不掉。所以，每次和甄逯接触，都要谨慎。

中秋节，按照惯例是要给贫困户送月饼和水果的。工作队长倒很会算计，要工作队员均摊，每人拿出五百，五个工作队成员共两千五，三十一家贫困户，平均一家还不到百元，因为队员中有一位老资格，工资也高，多摊六百。既然是大伙的意见，我也没反对，多拿六百就多拿吧！反正也是用在了贫困户身上，不心疼。这样就在城里预定了十一份月饼水果，没想到这个建议被村干部推翻。原因是，长发村尽管贫困，也还没穷到你们用个人钱救济的份上，这么做是在打村干部脸。

这件事不了了之，可我预备的十一份礼品却不能不了了之，还在商店堆着，无法退货。怎么办？硬着头皮也要运到长发。运到长发也还消化不了，三十一家贫困户，你只给十一家送礼品，那二十家会不会攀比？村干部可是在这类问题上没少平事儿。去年开春，组织了作家献爱心，挑了九户特困户，每户送了大米、豆油，本以为是好事，可过后村干部费了多少口舌只有他们自己清楚。农民淳朴，但看不过不平衡。我把这十一份节日礼品放在了村部，拿出三份，找四社小组长刘树海，先走访我结对子的三户。可那也仅仅是三份啊！趁天黑偷跑到邵明珍婶婶家，曾经让我感动的边缘户。再趁凌晨跑去特困户王学忠家，虽然不是我包保对象，但他确实是特困啊！这样神不知鬼不觉地消化掉了五份。对了，甄遫。

可去甄遫家，却像经过千山万水。甄遫家在长发村最东侧，村部在最西侧，两千米长的村路上，排列着大大小小二百多户人家，从西首第一户老王头到曾经拽着我诉苦耗子把大米都嗑了的老崔太太。路边共有三家超市，这个季节庄稼晒米人晒太阳，每家超市门口都聚集着一伙唠闲嗑的。最麻烦的还是大鹅和狗，看家护院极其忠诚，看见陌生人从村路走来，大鹅张开翅膀伸长脖子叫天，狗恨不得迎出半里路朝你狂吠，在长发村想要从事地下工作，估摸军统培训过的老牌特务也不见得能行得通。这也是治保主任吕宏伟赖以自豪的地方，这么多年长发村没出现过盗抢，没有一家柴火垛着火，也没有扯出男男女女的绯闻，不仅是因为长发村穷，人们都把精力放在了庄稼上，更有一种原因是，长发村是开放型村落，一条水泥路，过个耗子都能传遍全村。好在，有孙大喇叭，到了晚上，孙大喇叭的长调，把那些聚在超市门口的人牵走，狗狗们也都跟着主人去扭秧歌。难得路面上安静，高抬脚轻落地，爬雪山过草地似的去甄遫家，把礼品放下，嘱托老两口不能外传，也拒绝他们相送，连房门都不能出，就急匆匆走了。路过窗户下看一眼里面，老两口张着嘴对我说话，没听清说的是什么，只能从口型上分析他们吐出的是什么字。

晚上睡不着的时候反复想世界上什么字最贵？古代王羲之的字，当代书法家范曾的字，刻在甲骨上的字，如果你有那么两小片，够你活三辈子。照此推演，刻在钟鼎上的文字，如果是后母戊鼎或者是曾侯乙银盘，镇国之宝，不要说占有上面的两个文字，就算切近摸一摸，都像被开光一样。还有一种说法，我在三十年前当乡镇领导时，我的党委书记有一句话，最贵的字是"可报"。

不过，这个晚上我发现了两个最贵的字，从甄逢老人口型上判断出的两个字：好人。

君子兰广告

造血扶贫，是一直困扰我们的难题，这个造血，不仅是提高贫困户生产能力，还要有造血机制，说白了就是要有一个产血的机体。长发村距离最近的国道二十公里，就算地球都变成"村"了，也是"地球村"的偏远地区。长发村除了苞米没有其他资源，这个造血机体就很难建立。为此，县、乡两级政府也在绞尽脑汁，这不，县里投入六十万资金，为小宽镇建了一个君子兰大棚，定为扶贫项目，产出的利润给贫困村分红，长发村平白无故就能坐等五万块（贫困村脱贫线）。这件事对村干部触动不小，当然对我也触动很大，来长发村扶贫两年多，贫困户减少了，贫困村的帽子还压在长发村头顶，现在坐享君子兰大棚的成果，连一滴汗水都没洒在君子兰大棚里，汗在哪里？汗在脸上，辣着面皮，那叫汗颜。

君子兰属于种植物，城里人都不陌生，谁家窗台花架还不摆两盆花？我家就有两盆君子兰，是吴老二送的，据说是好品种，君子兰中的贵族。吴老二是我的朋友，工人阶级，有时候也冒出几句睿语，比如"君子不重不威，学则不立"，比如"君子务本，本立而道生"。他送我的两盆君子兰是贵族，侍弄得也很精心。就像姑娘出嫁，刚到我家俩月，要送回娘家，在娘家享受过往生活，再回来，几个往返，才能适应新家。对于阳光、温度、水分，我也积攒了些许经验，所以，有了把留在脸上的汗洒在君子兰大棚里的动意。

有了动意，就开始行动，靠自己和单位盖不起大棚，只能和君子兰大棚管理者协商，动员人家给长发村留下块空场，就像往后宫送妃子，后宫已经佳丽三千，还要硬往里挤。皇帝有没有续的意图，续个什么样的，能不能同其他妃子和睦相处，处不好是转嫁还是退货等等。当然，最主要的还是"佳丽"身上是不是沾染着什么毛病，能不能纠正，怎么纠正。这些都要提前商量好，否则，入门的新品种，带来几个白鲶虫，都会把原来的品种污染坏。带着这些问题和我的好友吴老二商谈，那一阵子我成了个君子兰媒婆，甲方乙方来回折腾。

甲乙双方都提供了可行性合作方案，甲方腾出十平方米空间，给"新妃子"筑巢，至于其他问题，技术人员会处理明白的。乙方是我朋友，每次从乡下回来，他见我被扶贫工作压得灰头土脸，都要找三二个酒友聚在一起，天南海北皇帝百姓七星八卦地侃一阵，算是接风。这次明知道我打他的主意，明知道是有本无利，还是答应无偿供应几百棵君子兰小苗，至于以后——金銮殿跑了皇娘娘，微臣不管那破事。几百棵小苗，还是好品种，纯粹的"贵妃"，还有什么说的？连喝三杯，南腔北调地送首歌"朋友多了路好走"，酸得像白醋。当然，只做这些不够，我知道吴老二附庸风雅（和我这个穷酸文人结交多少就是见证），动用书画界朋友，两盒茶叶换回来一幅书法作品，一幅美术作品。见我拿的字画都是出自四平第一高手，答应另送两个标本，正开着鲜花。甲乙双方所有问题解决完，才向单位也就是第三方汇报，领导当然高兴，千叮咛万嘱托，还答应紧缩出三千元，投入到君子兰项目之中。三千元是六十万总投资的二百分之一，但从此单位也可以堂而皇之地"有项目"了，尽管是硬讨来的姑娘，硬往后宫塞的妃子，嫁接又逼婚而成的项目。

接下来的问题就是采苗、洗径、清根、购土等技术活。问题就在这时出现了。

县里调整扶贫包保人员，凡年龄超过五十五周岁的，不适合在乡下驻村，原因是所有的商业保险公司拒绝给五十以上的上人身保险。没有人身保险，下乡扶贫期间出现意外谁来负责？当然，除非自己主动提出责任自负。驻村扶贫本来就是一件艰苦的差事，往往是费力不讨好，家里人也包括好友早就劝我找个借口推掉这份差事，现在人家主动给了"借口"。可面对吴老二赠送的几百棵君子兰，想想那些困顿的面孔，我还是放弃了"借口"。为了让扶贫主管部门相信"责任自负"，还加上一句"君子之人，兰蕙之花"，算是给君子兰配的广告。

辛苦和心苦

有一种苦，叫辛苦，这个词属于驻村一线的工作队员。我没有一点叫苦的意思，我出生在农村，十八岁之前，所有的农活我都干过，孩童时期拔草、间苗、刨茬子、挖猪菜，稍大一点搂柴火、打草、种地、偷庄稼、挖菜窖，过了十六岁就开始拓坯、伐木、担土、扛麻袋、抹房盖，最苦最险的还是刨粪堆，结冻了一个腊月的粪堆，一把钢钎，一个铁锤，一个扶钎，一个抡锤。扶钎的不付体力，但随时都有被砸掉双手的危险，抡锤的没有危险，但高举起三十斤的铁锤，一下一下地抡，十下八下就浑身是汗，敞开衣襟，让冷风从肉皮上走过，汗垢结成一个厚厚的铁甲，象穿上一件"冷难着"的"都督铁衣"。因为有了这些艰苦的农活底子，后来到农村，无论是搞社教还是扶贫，都没觉得怎么辛苦，扶贫总不会比扒大泥、刨粪堆辛苦吧？所以，总书记在新年贺词里说："我时常牵挂着奋战在扶贫一线的二百八十万干部。"让我不安。

还有一种苦，叫心苦，这个词属于有派驻任务的单位领导。脱贫攻坚和单位绩效考评挂钩，所占比重甚至大于日常工作，搞不好会被问责，也会影响单位职工利益，绩效考评是分档次的，每个档次奖金标准不一样。所以，对扶贫工作要打起十二分精神，努力搞好。可这个"好"谈何容易？尤其是远离经济的专业性强的小部门，除了本专业没有懂经营的，还有资金束缚。所以，领导绞尽脑汁想办法，脑门子都灰了。终于盼来了一个国企辅助，还是俗称"电老虎"的电业局，和人家比起来，你就是一只土鸡。乐得土鸡差点跑出一百五十迈，去和"老虎"对接，回来后鸡冠子发光，不愧是国企，就是有实力，山中王啊！只轻轻地拔掉一根毛，就那一根毛，比在长发村跑了两年土路的两只脚不知道重了多少倍。这不，答应电力施工时从长发村雇农民工，也算劳务输出的一种，而且，电力工程幅员全世界，想赚大钱去非洲，不想离家太远就近务工。反正，无论是跨国还是就近，一个农民工干一年够十户脱贫了。忙去找村干部商量，以什么样的形式才能让贫困户得到实惠，体会到党的政策温暖。毕竟，农民工属于个体行为，和扶贫挂不上。举个例子，农民工赚钱，揣进个人腰包，贫困户得到了什么？经过反复磋商，征求意见，成立个农民工组织，叫长发农民工商会，类似农民专业合作社，还符合"合作社＋贫困户"的模式。有组织了就要有章程和规章制度，最主要的条款，就是让贫困户得到收益。大凡家里有打工的成员，都不属于贫困群体。哪怕是工地的门卫或者扫院子做饭的，月收入几千元不是问题。人家不贫困，靠自己体力挣钱，凭什么要"＋贫困户"？凭的是用人市场，如果不是因为扶贫，"虎"的领地能让你长发人涉足一步？所有这些，都在权衡利弊后，纳入到了农民工商会的规章里。就像小户闺女找了个贵族，介绍人忙着成立个女子学校，言谈举止，接人待物，孝敬公婆，相夫教子，温良恭让，哪样都要考虑周全。累心啊！这些前置条件作了完善，往下就等着召唤，或是跨国或是就近。那段日子，领导的心全放在了"电"上，大凡和电有关的，都能牵扯到那根神经。出门时看马路两边的电线，是否冒火星子需要更换。耸立在大田上的电线杆子，是否倾斜需要更换。甚至未来二十四小时天气预报说有大雪，都替高压线担心，能不能被大雪压瘫痪。就这么焦心地等啊盼啊！盼来的信息是，电力工程有的是，不过还没批下来，大一点的要由国家电力总部招投标，来回周转，没有两年下不来。呵！原来所谓的"跨国"或者"就近"，都是两年以后的远景啊！都是"小康社会一个都不能少"之后的事啊！领导原本发光的鸡冠子立马就灰了，一根虎毛，成了生命中不能承受之轻。

不久，山中王总算有了动作，拿出两万元，学土鸡，投放到乡下大户吃红利，用每年的四千元利息给贫困户分红，也算拔了根毛。对此，土鸡头还挺豁达，不归地方政府管，参与进来就不错了。然后，捂住心苦，专注走村串户的脚步，那脚步辛苦，却落地有声。

月　牙　白

有很多事情你意想不到就来到你身边，比如我家的小狗。孩子出国，担心妈妈孤单，就抱回家一个小狗。我最初很生气，本来两个人的工资供一个孩子学费已经吃力，本来我又是喜欢清静的人，本来妻子就不是个勤快人——我从来都不搭理它，甚至因为它的存在，我选择乡下。妻子是个俗人，给小狗起的乳名也俗不可耐，赶上单位工作紧张，拿着俗女人的腔调给我打电话："老公，回去喂喂'小宝'"。每次我都对着话筒咬牙切齿地说饿死才好。有那么一天，因给杂志赶稿贪了夜，早晨起来的晚，妻子上班去了，朦胧中觉得有动静，张开眼一看，小狗直立在我的床边，因为个子矮，下巴很吃力地巴结着床沿，眼睛怯怯地看着我，转出一圈月牙白。后来我坐在电脑前，小狗蹲坐在我旁边，因为有了刚才的眼神，我没有轰它走。可能是第一次没有被驱逐让它壮了胆子，竟然凑过来嗅嗅我的脚面，然后抬头看我，见我还是没有反应，就越发胆肥起来，在我两脚中间伏下身，整个脖子搭在我脚面上，还不时地抬头看，依然是一圈月牙白。

随工作队去王学忠家摸"精准"底，那会王学忠还能行走，尽管吃力，说话也还连贯，尽管吐字不清，房前屋后抓把草喂个猪也还能干得来。因为不是我包保的贫困户，所以，我没深入到室内"入户摸底"，就陪着王学忠在葡萄架下，教王学忠如何用葡萄酒泡圆葱。王学忠家的葡萄架正结着籽粒饱满的紫葡萄，我们现场操作，王学忠听得认真，做得也认真，偏巧我的电话响了，看号码是老妖。老妖是我叔父，我父亲去世，他以为我缺爹，非要给我当假爹，吆五喝六地索要下一代的孝敬。忙拿着电话避开王学忠。果然，电话那头开口就是漫骂，不肖子孙，一周没有烧鸡吃，没有猪蹄子啃，等我饿死了你就省下了是不。只能矮声矮气地应承马上就去马上就去。其实我知道老妖并不缺烧鸡猪蹄子，缺的是亲人身上的气味，每次漫骂着把你拽到他身边，哪怕是臭脚丫子伸到他鼻子下，也会满脸开花，分别的时候，总是为自己的漫骂，用一圈月牙白检讨，然后，酝酿下一次漫骂。回到葡萄架下，不经意间我看到王学忠正眼巴巴地看着我，眼睛里意外地一圈月牙白。第三村民小组组长种紫葱，求我帮着找销路，我以不是扶贫项目为由拒绝。他就带了个贫困户，我又以带贫困户少为由拒绝。可三社仅剩下一个贫困户还没脱贫，再也找不出第二个，从其他村民小组选，人家小组长会有意见。只好去找王学忠所在的第五村民小组组长商谈，达成统一意见后再带着三组组长去王学忠家，现场签字。临分别时王学忠一步一拐地送我们，不经意地回头，目光里是他的一圈月牙白。冬天来临，王学忠被一场流感击倒，我随慰问队伍到他家问寒暖，临走，我沉在最后，迈出门槛，不经意地看了他一眼，眼睛里是一圈月牙白。回到市里，我直接进了军营，逼着旅长老弟下个军令，周日各连队改善伙食，包羊肉紫葱馅饺子。

　　春节刚过，我得到消息，王学忠过世了。我知道，我再也看不到葡萄架下的那圈意外而来的月牙白了。其实，细细想来，人世间有多少个不经意不是意外而生？包括一个动作，一个眼神。就像父母，在一个笑声或者一个动作中结合到一起，然后，在完成一次次的生理释放中不经意地胚胎了一个你，他（她）们就成了你的父母。就像王学忠，没有扶贫的弓箭把我射到长发村，可能多少个来世摞在一起，我也不会遇上他那圈月牙白。由此，人们甚至会产生一些疑问，茫茫人海为什么我们就能相遇，因为这些疑问，才有了一个谁都看不见摸不着也解释不清的东西——缘分。而这些缘分意外地走来，也会随时走掉，就像王学忠的那圈月牙白一样，在路的那端消失。所以，从现在开始，就应该倍加珍惜那些走进你生活的每一个动作每一个眼神。赶紧回家给妻子做饭帮老妈洗碗，赶紧去给老妖送烧鸡猪蹄子。

　　那么，就赶紧回家，喂喂"小宝"。

我 的 堕 落

孙大喇叭写戏上了瘾，差不多三天两头就能鼓捣出来一出，我拿给市里剧作家张振海看，张振海都觉得孙大喇叭是奇才。我受了他的鼓舞，通过省里朋友转给了某戏剧杂志，很快就有了消息，留用。更让我意想不到的是，没过多久，省里某戏校学生找上我，要和孙大喇叭见面，还把孙大喇叭的作品谱了曲，现抄录在此：

孙大喇叭是我传统的名，给大家献上我九哭穷。我是一块宝玉被扔大荒山顶，别人说我是把扫帚星。时运不济啊多风雨，无家无业我受苦穷。白日里跟着小剧团蹿东西，到夜晚趴在船头数星星。喇叭师傅可怜我，教会了吹喇叭却才艺不精。换不来一块布角换不来一粒高粱红。身上无衣天寒冷，肚里没食喝北风。冻得我抱着喇叭无计奈，含一块东辽河冰大放悲声。头一声哭得惊天地，二一声哭得动神灵。三一声哭得四海浪涌，四一声哭得五湖不宁。五一声哭得六分像鬼，六一声哭得七窍结冰。七一声哭得八仙气哽，八一声哭得九鼎分崩，九一声哭得实在惊悚，石打石石碾子石磨都帮我喊心疼，我咋这么穷，我咋这么穷——

自从来了扶贫工作队，带我从穷水坑里往出拱。各种招法帮我想个遍，只怪我天生不招摇性。东西南北大码头闯了无数个，学会了地蹦子秧歌学会了闪转腾。扶贫队员帮我把小戏卖，二百元大票写在了绿信封。党把工作队派来驻在村，大米白面隔三岔五地送。不愁吃来不愁喝，就愁晚上屋里空。年轻时大喇叭没迷住俊姑娘，绿口袋帮我拐来个心肝吴老妖精。我吹喇叭她把秧歌扭，晚上烫壶小酒再找找旧感情。被窝里哄得我贼拉拉乐，含一口幸福我大放歌声。头一声我唱精准扶贫政策好，二一声我唱扶贫队帮我跳出穷坑，三一声我唱张作家帮我把戏卖，四一声我唱绿口袋让我被窝不冷，五一声我唱庄稼人心肠好，六一声我唱邻居把大田退我还耕，七一声我唱新农村建设样样好，八一声我唱小康路上一个都没扔，九一声我唱——我唱——我已经乐得唱不出声——

老实说，孙大喇叭所谓的"戏"，根本就没入我眼，无论是顺口溜，还是说口，都简单到了一定程度。当初我也是抱蒙给他发了第一篇，为的是"扶志"，否则也不会打破稿酬标准，给他二百元的绿口袋。后来孙大喇叭着魔，入了写戏的道，我还担心我是不是做错了，这样激励他继续写下去，继续不招摇性下去，岂不是荒了安身的基本元素——农田。孙大喇叭的责任田，是这次土地确权回归的，邻居种了十六七年，经村干部疏通，也没费什么周折，乡里乡亲的，就把承包二十五年的协议退还了。至于剩余八年的租金，对于种田大户来说算不得什么，对于孙大喇叭，却是重债。当初那一万块承包费，早就走进了流通领域，为国家提供了一份税额。孙大喇叭回收了两口人的责任田，就算自己不种，继续流转，四亩地也能得到几千元，何况，吴老太太是勤快人，不会允许他荒了良田，所以，孙大喇叭距离脱贫，已经不远。吴老太太的到来，让孙大喇叭享受了旧有的那份感情，自然高兴，"扶志"，算是功成一件。孙大喇叭现编现演，还得到了张振海的肯定，"扶智"，也就免了周折。所有这一切，都向他这个不招摇性的农村老头走来，所以，他唱一句政策，唱一句百姓，唱一句小康。对于我，不会把他的顺口溜或者是说口当成艺术品，不要说他，就算赵本山或贾玲，我都没当艺术，这些年导演制片人找我写电视剧的不少，我都拒绝，我认为哄观众玩是作家的堕落。我捧孙大喇叭，目的是"志"和"智"，是"脱"。也许我不太懂农村和农民，老百姓认识赵本山认识大辣椒，但认识莫言和苏格拉底还需要走很长的路。所以，当戏校的学生带着第二张绿口袋来拜访孙大喇叭的时候，我站在远端欣赏乡村文化的乐，再低下头想一想乡村文明的未来，可能他们才是真正的文化改良者，遵循了乡村文明发展节奏。而我，只能把孙大喇叭当个贫困户。再看他们欢笑的样子，我也跟着拍起巴掌，我承认，我"堕落"了，但我情愿。

人　群　神

二〇一八年是脱贫攻坚关键年，二〇一九年是决胜年，就在前一个年尾下一个年头交替的时候，吉林省作协"红色文艺轻骑兵小分队"要来长发村"服务基层"，我担心给村里带来麻烦，想要拒绝，省作协领导提示我，全省九千四百零五个行政村，只选择了长发，是省作协领导对扶贫攻坚工作的重视，也是对能够战斗在扶贫一线的作家的表彰，更是对中国作协选派你"深入生活，扎根人民"的检测。我没办法拒绝，组织四平作协主席团成员陪同。省、市作家代表和当地群众一边包饺子一边拉家常，作家队伍中有位十五年前的乡党委书记，对农村工作熟悉，介绍农村头头是道，属于农村工作老资格。后来七嘴八舌话题扯到我身上，问村民是否认识一个姓张的扶贫队员，村民当然如实回答，当作家朋友们听说我来长发已经两年，老资格党委书记马上就开始发难，嘲笑我都来两年了还没脱贫。我当然也不能放过他，就给大家解读了长发村贫困的原因——怪一个人，怪一个群，怪一个神。

这个人十五年前担任过乡党委书记，就在小宽，长发村是小宽乡辖制村，全乡九个村只有长发村贫困，什么原因？是因为长发村当时村主任是女强人，乡领导为了避嫌，不仅生活上避嫌，许多政策也跟着避嫌，有些惠农指标也跟着避嫌，比如文化广场，每年仅能摊上一个村，比如抗旱井，每年也就几十眼，这些都给长发村"避嫌"了，长发村成了领养子，女村主任感到了冷落，撂挑子不干了，乡党委书记才开始着急，亡羊补牢，可那些优惠政策是经常变化的，谁抢着了谁偏得，过了这个村再没这个店。党委书记害怕女村主任责难，跑回县里当个作协主席。今天回长发，是来向长发人民检讨的，特别是向那位已退休的女村主任检讨。

长发村贫困，还要怪一个群。长发村左面青龙不青右面白虎不白，前面朱雀不火后面玄武不红，倒靠上了一个连汽车加油都困难的"群"团组织——四平文联，这两年扶贫投入都是勒紧裤带挤出来的，去年市作协搞了一次"精准扶贫，作家在行动"活动，有位蹲地摊卖水果的业余作者都捐了五十块钱，还有一位农民作家，把刚刚卖掉的三十个鸡蛋所得捐了出来，当然了，那位老资格乡党委书记也捐了，数额最高，那肯定不仅是为了支持作协工作，多少带有对长发村的歉意。

长发村贫困还要怪一个"神"。按照金木水火土对应，东木、南火、西金、北水、中间土，共五尊神，长发村东面是玉米带，南面是灌区，西面是洼地，北面东辽河到长发地段已经快断流，只有中间土还算正位。但长发村的"土神"实在寒酸，连自己的居所都矮趴趴，属于神殿里的濒危房，众神中的破落户。因为长发村的"土地神"实在是有愧这片土地，只给长发村人均二亩土地。人均二亩是个什么概念呢？按照玉米最高年产每亩一千七百斤，两亩三千四百斤，按照今年辽宁省价格每斤八毛一分（辽宁价格为东三省最高），人均收入为两千七百元，刨除生产资料成本四百元，剩余两千三百元，近年粮食直补下调，靠土地好年成人均收入不超过三千元。这就是长发村土地神给长发人带来的福祉。

长发村脱贫，也要谢一个人，谢一个群，谢一个"神"。这个人是长发"老油条"，在村干部的岗位上已经十五六年，现在还是村干部，他的理论是，脱贫速度和返贫概率成正比，我顶着个贫困村帽子一点一点往下摘，不是图什么油水，而是要把脱贫地基打牢，长发村脱贫，就要实实在在，真脱贫。长发村脱贫，还要感谢一个群，这个群里面包括四平军分区、四平电业局，最主要的还是梨树县民政局的扶贫队员，县卫生局的扶贫队长，正是这个扶贫群体的共同努力，我们才由最初的七十一家贫困户减少到九户。长发村脱贫还要感谢一个"神"，这个"神"是县、乡两级党委请来的一尊"神"，尽管把君子兰大棚种植项目落地在大宽村，但每年都能给我们长发村带来效益，是长发村收入稳定的摇篮，这尊神我们叫她"花神"。

故　　事

电视台录制我的节目，题目是就孔子和曾子、有子、子夏、子贡、子禽的关系谈处世方法。我的国学基础不深，知道点皮毛，竟然明目张胆地对着话筒谈起了"学而"。

我知道这台节目的观众群体，能够坐在电视机前听孔子、老子的，肯定不是灶台妇女广场大妈，最起码也得是个有学位的，学士硕士等，至于学者、教授会不会听，也未可知。

那台节目后来没有播出，是我要求停播的，台里给的三千元讲课费退还。原因很简单，我连最基础的工作都没做好，还有什么脸面谈论那么深奥的东西？

最基础的工作是什么工作？当然是扶贫。最主要的是，面对的农村贫困群体，根本用不着你调动大脑细胞，这个群体不知道也不想知道"温良恭俭让"出自哪里，只想知道苞米多少钱一斤，换季时哪个集市能买到棉靰鞡，堵房子漏洞是用塑料布还是用沥青。总之一句话，怎样能越过那条三千五百元的贫困线。

这个群体的要求实在是低得可怜，三千五百元，还是年收入，每月不到三百。低得可怜我却没能做好，是眼高手低吗？大概是。脑袋里装了"论语"就看小了"苞米"，一节课三千就小看了老百姓每个月三百。

　　那就走出孔子、曾子，回到邵立财、李玉环身边，放下"论语"研究"苞米"，可面对苞米我却无话可说，换句话说老百姓在苞米面前是我祖宗，我的优势是讲座和写作。可讲座或写作在扶贫领域能起个什么作用啊？你给老百姓讲"格物致知家国天下"老百姓能听吗？哎，到人民群众中去，不是说到就能做得到的。好在，老百姓不听"论语"，还有故事。

　　王会计提供的故事：五保户家烟筒坏了，村里为了给五保户修房子，三个村委员五个小组长到城里植树，每人每天二百元，挣了四千八百元，有趣的是，搭烟筒时竟然从老烟筒里掏出一口袋"中央镏子"，也就是解放战争初期国民党政府发行的"东北九省通用券"。拿到市面上，换回一笔钱，把五保户房子翻新了。那是老祖宗给积的阴德。

　　吕谦提供的故事：村里有个不咋正经的男人叫小点子，借了别人钱还不起，拉着债主赶集，回来后称家里被盗，丢了件价值连城的古董，非要债主和他共同承担损失。家里穷得买不起挂钟，收来一个旧马蹄表，装进鞋盒里，挂上个纸片当钟摆。

　　齐老头提供的故事：李玉环在早是美女，别人多看她一眼都害羞，有一回四清工作队去她家，她正蹲在茅楼撒尿，工作队员也来泡尿，跑到厕所看见了她蹲着的姿势。这件事让她蒙羞，她拿根麻绳上吊自杀，多亏生产队收大粪的早晨起得早，发现了她。

王会计的故事我写成小说，发表后得稿费一千二。吕谦的故事写成小说，发表后得稿费两千，还有齐老头的故事我正在炮制长篇。到了冬天，我拿出稿费给李玉环家换防寒门，五千元购买燃煤，村干部以为是我自掏腰包，我告诉他们，都是从你们身上挣的钱。

自此，我才算找到了一条扶贫路径，当然，也是"到人民群众中去"的路径。

悲惨的花农

榛树叶子两编织袋，松树针一编织袋，搅拌一起，摊开，浇水，敷上塑料膜，强光下沤五十天以后，掺进一编织袋沙子，半斤白灰。这就是君子兰花土，原材料容易，工艺手段也不复杂。吴老二答应无偿提供三百棵君子兰花苗，作为我扶贫项目投入，但花土需要自己配给。培植花土方法，只要四肢健全，都能学会。唯一有点难处的是城里住楼房，很难找到沤榛树叶子的临时"发酵池"，只能选阳台，编造个合理的理由给"大内总管"，家里的花需要换土，有些花淘汰，换新品种，单位还有点花，估计阳台要腾出来。大内总管也不知真假，实际上那会她心思全在方向盘上，顾不来阳台，在驾校学了半年，科目二就是考不过去。阳台里面的东西搬出来，木板子搭建了方槽，铺上塑料薄膜，洒上些许来苏，简易"发酵池"就算搭完。往下就是采集原料。石岭子山区全是榛木林，搭朋友车进了山。正是三月中旬，整个冬天东北地区无雪，从立冬到冬至，四个节气段过去了一个雪花也没飘落，都说瑞雪兆丰年，看样子下个年成不会有瑞兆，而且，无雪的冬天，流感一茬接一茬，医院病房住满了老头老太太。直到进了三月才下了一场小雪。那场雪不大，山里背阴的地方还有淤积，背阴的地方也是榛树叶子淤积的地方，雪覆盖着榛树叶子，用脚拨开积雪，厚厚的一层，选品相好一点的榛树叶，巴掌大，拂去上面的尘灰，一叶一叶地选，选着选着，脚下一滑，以为是踩到冰上了，低头一看，头发茬子立马立起来，整个身上都冒着凉气。一条冻僵的蛇尸，半黄半绿，盘在一起。我曾经开过这样的玩笑，多亏没出生在战争年代，如果那个年代被敌人抓住，烙铁竹签我不在乎，枪毙了我也不会在乎，可是如果拿条蛇，我立马全招。所有人都有软肋，我不怕死却怕蛇，蛇就是我的软肋。我明知道这个季节的蛇没有任何危险，也吓得灵魂出窍，飞到天上三千尺也收不回来。朋友也看见了那条僵死的蛇，见我五官扭曲，哈哈大笑，一条死蛇能把你吓尿裤子？朋友把死蛇捡起来装进塑料口袋，轻描淡写地要拿回去泡酒或炖蛇汤。还言称好兆，好运气来了，出门遇小龙，三辈不受穷。冬蛇奔你来，马上桃花开。朋友问我是要财运还是要桃花运，只能选一样，另一样留给他，不能陪你一天，两个好运你都占了。我无心和他分运气，把榛树叶口袋一丢就跑，回到车上还冒冷汗。过了一会，朋友背着满满两袋子榛树叶子，连同那条死蛇丢进后备厢。我担心后备厢温度高，那条蛇会苏醒，逼着朋友把蛇扔掉。朋友笑我无知，蛇都是在洞里冬眠，春天苏醒。凡是冻死在外面的蛇不再有苏醒的可能。我将信将疑地跟着他奔下一站叶赫，那里的山区长满了针叶林。没走出多远就被拦住检查，拦路的是林业管理部门。原来，我们两人在山里收榛树叶子，山里人觉得奇怪，这个季节没有任何山货，蘑菇、蕨菜、刺嫩芽都还没冒土，有的可能连胚胎过程都没操作，满满两大口袋里装的什么？肯定是短桦子。榛树桦子是最好的木炭原料，忙举报给林业管理部门。林业管理部门问明情况，打开编织袋检查，果然是榛树叶子，里面哪怕筷子粗的树枝都没有，正要放行，看见旁边的塑料口袋里面躺着的蛇，管理人员也吓了一跳。朋友忙解释，管理人员却不问过程，这是一条野鸡脖子蛇，也叫七步蛇，是国家三级保护动物，总之一个词，偷猎。好说歹说，最后还是搬出了林业部门领导，证明我们的身份和偷盗无关，才放我们走，那条僵蛇也被他们拿走了。

松树针比选榛树叶子容易，用量也不大，吸取了收榛树叶子的教训，我懒在车里，让朋友自己进山。朋友快快不乐，出去了半天还不见回转，我想下车寻找，打开车门脚刚要落地，想起了那条僵蛇，忙把脚收回来。大概从今以后我不会脚踏山地了。

背着几个口袋上楼，想象着为省却花土钱和蛇打交道，扶贫路怎么这么多磨难？走廊里堆满了木板子，房门打开，一团塑料薄膜扔出来，正砸在我脸上，上面还有来苏味。

瘸　蚊　子

杨喜文的儿媳妇小雨遇到了一个难题，有一只蚊子叮着公公的脸，她想下手，怕弄疼了公公，不下手，又心疼公公被蚊子吸血。想来想去，想起了公公曾经说的"打飞"。公公早年是个看青的，有一杆砂枪，遇上野鸡、兔子，那杆砂枪就起了作用。特别是打野鸡，看见野鸡在地里觅食，悄悄靠近，枪口对着野鸡的头顶半米高，吆喝一声，野鸡慌乱中起飞，张开翅膀，目标面积增大，这个时候搂火，半空中十有八九把野鸡打下来。小雨想到了这个办法，右手持苍蝇拍，左手把蚊子轰起来，在蚊子刚刚起飞，速度还不是很快的时候，苍蝇拍照蚊子挥过去。可惜，那只蚊子没按她设计的套路起飞，而是低空滑行了一段，这样，她挥过去的苍蝇拍扑空。也不算完全扑空，蚊子应该是受了伤，被气流或者是苍蝇拍刮了下，倒挂在房箔上，少了一只脚，成了一只没能水儿的残疾蚊子。既然没了能水儿，就不要在意它，留下力气和小组长刘刚打仗，替王老蔫打不平，小雨正酝酿着一场战争。

其实那件事也没什么大不了，王老蔫家地头那棵树被风刮倒，林业站来检查，发现有火烧的痕迹，要追罚。王老蔫是三社村民，归小组长刘刚管，刘刚就代表林业站下发罚款通知，不多，五百，算是对火燎树的人给予告诫。这件事和小雨一点关系都没有，她家在一社，甚至对这个王老蔫，多少还有点底火。公公在大帮轰的时候，抓偷庄稼的贼，抓了王老蔫媳妇现行，人赃俱获，没想到，王老蔫媳妇倒打一耙，说公公对她非礼。后来都折腾到了公社，最后也不了了之。这些陈年旧账，还是结婚后丈夫对她说的。她原本是随丈夫在外地打工的，可公公脑萎缩加重，说话声音像蚊子，已经没了一点力气，按照庄稼人的说法，等着最后那点血气靠干。小雨不得不回来侍候公公，除了给公公喂水喂饭，还要给公公定期翻身，还要给公公垫尿不湿，小雨一点怨言都没有。这些年公公把她当亲闺女，现在她是以亲闺女的身份服侍公公最后的人生，谁还没有老的时候呢？

她和刘刚也没任何瓜葛，差着岁数呢，三十多岁的毛孩子，犯不上和他一般见识。可这次她像中了邪，非要和刘刚死磕，替没什么瓜葛甚至还有点底火的王老蔫打抱不平。这个抱不平已经打了一个回合，是刘刚先败下阵去的。上午刘刚去王老蔫家送罚单，她正好去超市买蜂蜜，公公有点干燥，她听说蜂蜜管用。刚拿了蜂蜜出超市门，就遇上了两个城里人，是工作队员，到她家扶贫时见过，可能是嫌弃公公身上的气味，把几百块扶贫资金丢下就匆匆地离开，那穿了身时装的高个女出了屋还用手捂着嘴巴。她出来相送，时装女像怕沾身上晦气似的躲着她。所以，当刘刚在超市门口谄媚地和那时装女打招呼时，她就讨厌起刘刚来，时装女连搭理都没搭理刘刚，刘刚还是点头哈腰。她就对刘刚有了冷嘲热讽。后来听说刘刚是给王老蔫送罚单的，是乡林业站下的罚单，她就盯着时装女的背影说管他这个站那个站的，不把老百姓当人，就是牲口站。刘刚见她口出不逊，就打算避开她，反正也没她什么事，躲是非是农村最低层干部的生存法则。可偏偏刘刚遇上了霉头，眼下这个主不知哪来的邪气，扬言义务给王老蔫当律师，这个罚单不合法，没有现场毁树的证据，即便是王老蔫家地头，也不能证明就是王老蔫毁树。日本人到牲口站杀了牲口还要追罚牲口站长吗？问的刘刚张口结舌。整个口角过程她都是冲着时装女方向。

　　下午的时候，她当着公公面给丈夫打电话，汇报公公这几天的状况，还兴高采烈地叙述了把刘刚打败的全过程。放下电话她就听到了蚊子的嗡嗡声，忙抬头去寻找棚顶那只残疾蚊子，不见踪迹。声音是从公公的喉咙里发出来的，她忙把耳朵凑过去，公公嗡嗡：那只没脚的蚊子叮着手背，帮我轰走它。

公公那只当年打野鸡的手，现在连轰个癞蚊子的力气都没有，公公真可怜，她想。

卖　脸

君子兰大棚产业项目，给长发村贫困户分红，算是扶贫路上的一个端口，但因为经营者和政府之间事先没有合约，项目权属出现偏差，经营者不想失去主权，政府在没有主权的情况下不能注入扶贫资金，君子兰大棚项目也就和扶贫项目脱钩。我给吴老二献上的殷勤和谄媚，眨眼变成一缕青烟，更可怜的是，和蛇打过交道的悲惨花农背回的榛树叶子松树针，在阳台上发酵了半个多月，现在没了用处，只好给吴老二打电话，让他取走。吴老二嘴刁，拉走榛树叶子属于帮你清理阳台，不能白付出劳动，只好答应请他酒。吴老二嘴馋，酒不讲档次，饭菜要讲究，渤海、黄海、东海马上禁捕，再想吃海螺、蚬子、扇贝就得等到八月以后，又搭进去一顿小海鲜。这些都算不得什么，唯一遗憾的是，已经谈妥的注入进几百棵君子兰秧苗的事，泡了汤，再找项目，谈何容易？

不想，君子兰大棚泡汤了，新的大棚出现了，是二社小组长赵明镇，租了七垧地，两垧地扣大棚，种植西瓜。问题是西瓜大棚是赵明镇自己的私产，和贫困户套不上一点关系，也想采取刘丽英"小娘子精细粉"的方式，帮他销售，前提是带动几家贫困户。赵明镇不同意，原因是销售渠道早就定位，否则谁敢种两垧地西瓜呀？要知道种植西瓜成本不知大于种玉米多少倍，要知道西瓜对土地营养的汲取有多大，就像妇女怀了多胞胎，大大小小生出来以后，不死也要扒层皮。西瓜就是这样，今年种了西瓜，需要息壤七年，也就是让土地休养生息七年。看来赵明镇是下了血本，下了大注，据说自己资金不充足，扣大棚是从个人手抬的钱。抬钱也就是借钱，稍不同的是这个"抬"字，比银行利息高，利滚利，到期还不上利息翻番，水涨"抬"着船升高。所以，赵明镇拒绝和扶贫挂钩，也是情理之中。但我又不甘心，毕竟长发村产业项目空白，毕竟还没有帮助贫困户找到可持续收入途径，就算是零敲碎打补充，八方出手援助，今天脱了贫，明天还有补充吗？后天还会八方援助吗？真扶贫就要动真格的，拿不出多少钱来，拿这张老脸还不行吗？

可能是这些年清高，这张老脸从未舍出过，一旦露面，就有了点价值。这就像，犹抱琵琶半遮面的歌手上台，注定要比场场露面的主持人受欢迎。首先是找扶贫办，以答应给他们写一篇大块扶贫文章为条件，换回扶贫政策倾斜，如果赵明镇的西瓜大棚，以合作组织的形式，合作进贫困户，带动贫困户脱贫，确属扶贫项目，经过考核，可以得到部分资金支持。然后就跑金融部门，赵明镇"抬"钱，压力一定很大，农村信用社贷款额度满足不了资金需求，只能求助其他商业银行，当然，也包括国有银行，无非是国有银行门槛高，我这张老脸多少晃不开。而且，商业银行注重信贷信誉，查阅我的信贷记录，除了三十年前当乡长时给种地困难的老百姓担保了八百元钱贷款，拖了半年还是拿工资还贷，这一不良痕迹外，再无半分贷款。再看我的工资额度，副处时间都快长成成年了，每三年滚动一次，已经滚动了八九次，工资甚至超出了新上任的正处级。有了这个保障，再加相熟的金融管家几句抬爱，什么酸文人有个臭毛病，从不求人。什么在小市也算名人，几届书记市长都认同，大会小会公开表扬，不浮夸，扎实做事。最后附加一句，不干屁事。多方因素综合，商业银行批个几万块钱贷款，也就水到渠成了。带着这两样货真价实的"好处"，再去找赵明镇商讨，果然动心。但还是有点不放心，毕竟我们接触不多，毕竟还没见到真金白银。那就让他定心。先是带他去了商业银行，带着身份证，现场办公。金融界朋友呼拥，阵势上就给了他定心丸，待到办理信贷手续时，担保人一栏，我签字，还请来个比我官大权利显赫的主"镇宅"。没过多久，九户贫困户都成为种植合作组织的理事。相信西瓜开园的时候，贫困户不仅嘴里含着鲜红的西瓜汁，解决生理饥渴，手上还会拿到红色的钞票，缓解生活饥困。

息　壤

　　四社身后，是一条土岭。土岭一头顶着东辽河大堤，下面还有一片洼地，李玉环的姑爷小周有六垄地在这条土岭上。我们最初搞"精准"调查时，李玉环家的土地已经流转了出去，那这六垄地是怎么回事？从土岭和洼地的地形上可以看出，这是经过人工修缮过的地形，洼地是一长条水沟，土岭就是依着水沟形成。显然，这里在某个时段曾经"战天斗地"过，可能是"赶昔阳"时期留下的产物，那会全国都"农业学大寨"，学昔阳的梯田经验，不仅是平展展的松辽平原，辽阔的中原平原上，也随处可见梯次形田地。也可能是二十世纪八十年代末期"万金"工程留下的产物。那会我正在乡下任职副乡长，县里搞了个"百万头生猪进北京"工程，简称"万金（进）"工程，各乡镇都领了任务，一个不足万人的小乡，年出栏生猪要达到五万头，人均五头，包括刚出生的小孩。各村都选择在远离人家的岗坡上修猪圈，既保持通风又不能让猪粪熏了人民群众，没有岗坡的就地挖坑起坡。"万金"工程是否掏来了"金"我们不去探讨，最起码，各村都留下了一块宝贵的岗坡，成为后来村集体经济收入的来源。小周的六垄地，就是村集体耕地，六垄，相当半亩，能产八百斤玉米。半亩地产八百斤，这和长发村亩产两千二不相称。以此推断，这条土岭十有八九是修梯田留下的生土。如果是"万金"工程，土地不会那么贫瘠。试想，不要说万头生猪，就算一百头生猪圈在这个土岭上，猪粪都能堆起个小山，土地会肥得流油。八百斤玉米能干什么？养十只小鸡。小周掐着指头，一只小鸡年食用八十斤（玉米转换饲料），产蛋在一百左右，十只小鸡产蛋一千，卖蛋九百元。去掉种子化肥等成本，能剩余六百元。只是，这样的土质产量不高，不靠美国二胺，可能连八百斤都达不到。可是，如果年年都用美国二胺，这片地也就彻底废了。小周抓了把垄台上的土，沙质的土屑从指缝间撒落，小周面部敷上了阴影。其实小周的忧虑也是地方政府的担心，这些年春种秋收，土地得不到喘息，更主要的是靠化肥农药催生，黑土地有机质被化学粉剂侵蚀，吉林黑土地严重碱化沙化，原来黑土层五十厘米，现在剩余二十厘米。省政府最近就出台了《黑土地保护法》，国内各农业科技单位专家也进来了，各级政府的"黑土地论坛"，主题都是"保护黑土地"。问题是如何保护，小周的六垄地，本来就是人工土岭，当年"赶昔阳"时就已经被掘了个底朝天，按照庄稼人的说法"生土"，不要说"五十厘米"，连一厘米都不存在。这样的土质没有丁点抵抗能力，碱化沙化的速度，不是能预测得了的。这就像流感打在年轻人身上和打在老年人身上，没有抵抗能力的老人说不准会像沙子一样随风而逝。随风而逝的不仅是沙子，还有小周那可怜的六百元，一个贫困户掰着指头算计出来的六百元。

秋收过了，那六垄地露出了本来的面目，黄色褐色的地表就像贫血鱼的脊背。小周拖着不灵便的腿脚，将原来的垄沟刨深，然后将一篮子一篮子的农家肥埋进深沟，覆上一层土，再撒上一层农家肥，再刨土掩埋。这是乡农业站推广的保护黑土地的土方法，秋季施两层农家肥，上边那层负责抗衡风沙，下面那层经过一冬发酵，对原有土质进行有机质渗透。

那个黄昏无一风丝，劳累了一天的小周在地头拢了一堆篝火，农家肥堆积在身边，每一镐头下去，像是给大地针灸。我站在大堤上，看远去的一脉河水，忽地就想起了电影里那个入殓师，一个又矮又瘸的医院勤杂工，趔趄着给尸首化妆，把死者生前的恐惧、无助和被抛弃感，通过水洗，打上釉彩，让死者脸上没有恐惧，没有对尘世的缠绵，有的只是坦然，如同赴一场宴会。入殓师以完美的、一丝不苟的入殓仪式，以无限的敬意和温柔的爱，还死亡以生命的尊严。勤杂工对陌生的死者尚且如此，何况对生养我们的土地呢？小周不是给大地化妆，而是给大地输氧，让大地生命强劲。《山海经注》：土自长息无限，曰息壤。

二〇一九年的第一场雨来得晚了些

按照惯例，整个冬天无雪，一定是倒春寒，开春会来几场大雪，却没有。从立春到雨水再到惊蛰，也没见一片雪花。天气放暖，该有几场透雨了，也没有，从清明到谷雨，开始种大田了，也没见一线雨丝。季节不等人，无论如何也要先把种子埋到地里呀！老天爷不给雨，河神爷和土地爷接着，"坐水"点种，向河神爷索要东辽河的水，向土地爷求土井里的水，都不用花钱，坛坛罐罐，大桶小桶，装上畜力车，运到大田，垄台上刨坑，注水，施肥，下种，这种办法适用于田地少的，毕竟，运水力量有限，水资源也有限。种地大户也有办法，老天爷不给雨，向地下水进军，打小井，用柴油水泵抽水。这种办法二十年前就用过，只是二十年前不似现在，那会挖井简单，挖个菜窖都上水，三米深，因为地下水资源足。现在，不仅是长发，全中国地下水水位下降。白岩松在《新闻1+1》中已经做了透彻的分析，上海陆家嘴子出现地穴，河北沧州人民医院倒塌，西安大雁塔倾斜，由地下水下降带来地表沉降，五十年以后，将有百分之三十的国土桑田变沧海。长发村地下水也好不到哪儿去，二十年前三米深，现在五个三米也不见水。只能打小井，二十米深的水管子，深入地下，人工加原材料，没有三千元下不来。还有柴油，十元一升，浇灌一亩地需一百七十元燃油。种地大户都是通过内部流转，或是承包他人的户数，一般都在一垧两垧左右，需要三千五百元，在日均收入十元为基本保障线的条件下，拿出三千多元相当于割肉，尽管疼，也要忍着。

这两种方式，都拒绝贫困户。大凡贫困，都是因为岁数大，或者疾病，平常生活自理都困难，"坐水"种地，回到传统耕作状态，贫困户没有那样的体力，不要说刨坑，就算是把种子运到地里都是难题，何况运化肥和坛坛罐罐地运水了。第二种方式不用说，掏钱灌溉相当于割肉，问题是贫困户身上皮包骨头，已经没了肉，想割肉无从下刀。怎么办？只能是把种子埋进地里，然后，老眼望天。

"五一"小长假，很多人选择旅行。四平的历史不长，人文景观贫瘠。四平周边缺少山水名胜，自然景观匮乏。贫瘠，匮乏，就是没特色，一句话，就是平庸。奇怪的是，这么平庸的去处，竟然也会来客人旅行。比如这个小长假，我就接待了三伙。第一伙是广西的朋友，大概是嫌"桂林山水"太过奢侈，他们想学电影"甲方乙方"里那个大款到乡下偷小鸡。带着他们随意兜圈，不想这伙饱食客却羡慕起四平来。羡慕什么？羡慕四平既不是地震带也不是台风口，既没有沙尘暴也没有泥石流。想想，倒也是。不过，没有地震也就没有谢霆锋的"盛怒就像火山口喷灰"，没有台风也就没有海子的"面向大海，春暖花开"，没有沙尘暴也就没有王维的"大

漠孤烟直，长河落日圆"，没有泥石流也就不会有杨慧能的
"我积攒一辈子的泪水，控诉那些滥伐的斧头"。第二伙客人
是北京的，路过，打个站，着急去牡丹江。我有些悲哀，四平
成了通往牡丹江的大车店。到了小长假的最后一天，迎来第三
伙客人，北京团队，诗人、歌手、画家。诗人发疯，看见一片
草地，光着脚丫子狂奔。歌手发狂，看见楼盘正在施工，爬上
脚手架放歌。画家发癫，看见个水泡子，打开画夹装模作样地
临摹。到了晚上，几个家伙竟然跑到郊外数星星。第二天返
程，我问他们此行有什么收获。诗人回答，白天艳阳高照，晚
上月朗星稀，朗朗乾坤，澄明世界，就像你们东北人一样。

　　送走了客人，打点行装，行走在通往长发村的那条小
水泥路上，想想他们说的朗朗乾坤澄明世界，我等何尝不喜
欢？官场、商界、文坛需要澄明，可眼下那些老眼望天的老百
姓，需要的却是霹雳闪电、暴风骤雨，哪怕日月无光乾坤混
沌。正想着，传来雷声，开春第一场雨，很快打在头上，本该
找个地方避雨，没有，在距离长发还有五里的路面上，顶着
雨，感受衣服的湿度，感受雨滴击打头发的力度，还不够，还
不够，最好日月无光，最好乾坤混沌。

倒　计　时

比电脑屏幕大的蓝色塑料边框，衬上淡黄色硬壳纸，上面打着各种表格，填写上贫困户姓名、年龄、身份证号码、电话号码，这些是自然信息。然后是土地流转收入、农业补助、子女就业收入、其他收入、年总收入。接着就是致贫原因，在这一栏，大都是因病两字。剩余部分是扶贫工作队信息，包保责任人、所在单位、年龄和政治面貌，包保措施，何时脱贫。最后是第一责任人包保工作队长。这样，就需要有三个人的照片贴上去。贫困人员、包保人员、工作队长。我不喜欢拍照，自己平常都羞于照镜子，担心镜子里蹦出来个祖先指责我来到世上一无所成，没在庙堂高处忧民，不能处江湖之远为君担忧患，百年以后既不"重于泰山"也不"轻于鸿毛"，就当在世上兜了一圈风，然后一头扎回地下，不留一丝痕迹。身份证上的照片都跟"破帽遮颜过闹市"似的，结婚照都是为了办房照后补的。所以，当工作队长把我按在村部的白体墙面上按快门的时候，心里竟然产生了一种像被强拆的愤怒。后来那张照片还是没有贴上去，那样赌气的样子，会给贫困户个错觉，老大的不情愿。其实我不仅情愿，还是自愿，自愿到乡下走那二十五里小路，自愿拿出个人资金给贫困户解难题，自愿每天都去数一数路边那七十一棵火燎树。对了，那七十一棵树，已经减少了，原来数它的时候，是按照递增的顺序，一、二、三、四、五地数下去，数到七十一；现在是从五十九往回数，属于递减，两种方法，两种心境。

那些只缺少我的照片的扶贫框，每填一张，都要花费不小的努力，到贫困户家入户摸底调研，倾听左邻右舍意见，和村里的各种档案对照，直到找不出一点差异，这才把真实的数字填上去，然后公开张贴，挂在墙上。一、二、三、四、五地调研，一、二、三、四、五地辨别，一、二、三、四、五地往上填，最后一道工序是一、二、三、四、五地往墙上挂，虽不是重体力活，可那工序的烦琐，让临时组合在一起的工作队员都感到工程浩大，少贴上了一张我的照片，都有一种偷工减料的窃喜。直到七十一张扶贫框挂满了一面墙。然后，对着偌大的群体发愣，心里像压上了那面墙。

七十一张框，就是七十一块巨型方砖垒砌成的墙，既不能用推土机举着铁铲清除，也不能定向爆破，需要一块砖一块砖的往出抠。属于我的那部分，邵立财、张淑琴、杨喜文、刘长水，还有我交换过来的孙大喇叭。一共五块巨型方砖，该换房门的换房门，该扶持养殖的加入养殖组织，有造血能力的拉造血清单，没造血能力的补血，单位投放在当地龙头企业的资金还有一部分红利，补贴在他们身上，一点一点往"三千五百元红线"上贴身。邵立财抓了小鹅，张淑琴和杨喜文卧床躺着分红利，动员刘长水养女，撮合孙大喇叭组合新家，燃起对生活的希冀，最主要的还是让其"耕者有田"，回收了流转出去二十五年的耕地。所有这些，都意味着那条脱贫线，越过去只是时间问题。属于我的巨型方砖，正从墙体上一个一个地脱落，就像那些挂在墙上的方框，一张一张地往下摘一样。

第一个从墙面上摘下来的是张淑琴，正向那条脱贫线迈步的时候，停止了人生脚步。第二个从墙面上摘下来的是刘长水，爱吃"大锅豆腐"的刘飞把那张框摘了下来。

到了扶贫攻坚决胜年，挂在墙上的那些方框，只剩下了九张。

现在，我们是从九、八、七、六、五、四、三、二、一递减着数，从开始驻村一、二、三、四、五、六地数下去直到七十一，正着数的时候，连接的是无奈的叹息，反着数的时候，是轻松的舒气。

摘下来的那些框，堆积在村部的图书室里，上面落满厚厚的尘土，像是告诉人们，贫困成为了历史，历史已经被尘封。尽管尘封的框上没有我的照片，也知足。

第四部分

回望故乡

哲 学 问 题

我在县党校当过老师，门牌上写着"哲学教研室"，教研室主任姓马，已经过世。现在搬出一个逝者"说事儿"，多少有些对他灵魂不恭，问题是，哲学老师，学生问他苏格拉底是怎么死的，他说这是哲学问题，有生就有死吗！问他康德的生平，他说也是哲学问题，康熙能当皇帝康德却不能，名字取错一个字呗！我的这位哲学主任回答的机巧却无知，苏格拉底被皮匠以"教唆"罪推上审判台，被判死罪还高呼"头上三尺是灵魂"。康德穷困潦倒，毕生追索"灵魂三尺"。我的那位哲学主任尽管也挂着"哲学"头衔，但只是理论的传播者，我从来不认同他们的学术，我甚至认为连学问都谈不上，更遑论学说了。但这些人都有"学术论文"，都叫马教授、张教授。为什么？哲学问题。

村里人更不会知道苏格拉底和康德，陈志强当然也不知道。上级对扶贫工作提供了新经验，某个村选出个致富带头人，然后带动大多数人致富。那天早晨，去四社养牛专业户陈志强家，我没有走大路，而是横穿庄稼地。玉米刚刚收割，收割机轮胎碾压出的毛毛道，踩上去不软不硬，很舒适。村部距离陈志强家两里路，毛毛道也正好两里，一路上琢磨着怎样动员陈志强"带动致富"，脚下有东西硬邦邦地硌脚，翻开苞米叶子，躺着的苞米秆上有一穗苞米，粒子拥挤，果皮发光，显然是收割时不注意"落"下的，还没被田鼠发觉或者发觉了还没来得及搬运进巢穴。忙把苞米穗掰下，拎着去皮的苞米穗继续寻找那些躺倒的苞米秆，果然还有，不足一里，手里竟然拎了七穗果粒饱满的苞米。陈志强知道我要去他家，也知道我去的目的，在门口迎接我，不冷不热。陈志强已经"带头致富"，却不想"带动致富"。摆出三个问题，贫困户没有生产能力，怎么"带动"？扶贫资金投入到养牛项目上，牛死了怎么办？"带动"者为什么是我而不是别人？三个问题我都回答不上来，我又没有我的那位党校哲学主任灵便，当然不会用一句"哲学问题"去敷衍他。陈志强继续给我唠叨，啥叫"带头致富"？有人过日子埋头苦干，恨不得把脚插进地里，浇水施肥，浑身长满苞米。有人过日子扎扎实实，石头碾子磨，猫狗鸡鸭鹅，开春就下地，天黑进被窝。有人过日子虚飘胀肚，一个老农民不往下看地，往上看天，天上有什么？地下三尺出黄金，头顶三尺是浮云。陈志强的"日子"哲学让我吃惊，陈志强的"三尺"理论更让我吃惊，不知道苏格拉底和康德是否听得见，听见了会怎么想。陈志强看见我手上拎着的苞米穗，问我是不是在大地捡拾的？我点头。赶紧送回去，给哪捡的送哪儿去。你在别人家玉米地捡的苞米拎到我家，会起纠纷的。我疑惑，不捡回来，烂在地里吗？养田鼠吗？他却一本正经，是养田鼠事儿大还是打起来事儿大？又一个哲学问题。院里妇女喊他，外面那么凉客人咋不往屋里请？陈志强回答说是扶贫工作队，动员咱"带动"的。显然家里也早有准备，妇女没了刚才的热情，向大门口瞭了一眼，那么大岁数，穿的又那么薄，还不能让进屋里来，怎么办呢？还是个哲学问题。陈志强告诉我，按照来时走过的毛毛道，把苞米穗子放回原处，用苞米叶子盖上。原因是苞米去了皮，金灿灿的，招乌鸦，别看乌鸦眼睛小，牛眼睛大看不见身后老虎，鸟眼睛小却看得见地上小虫。除了乌鸦老鼠，还给手脚不干净的人提供了目标。我说我通知这家责任田主人，地里"落"下许多苞米，让他们自己捡拾回去。陈志强却微笑摇头，庄稼人哪个不知道收割机收不干净庄稼？那些倒茬的庄稼收割机捡不起来，人家又不回捡，是不稀罕，今年苞米价太低。我疑惑，苞米价低为啥还怕"手脚不干净的人"捡走？陈志强说有人喜好黑有人喜好白，有人喜好当官有人喜好发财，有人喜好辣椒有人喜好狗尿苔，人和人能一样吗？

回到家里，我打开苏格拉底和康德发呆，妻子问我，明天还下乡吗？衣服用不用洗？晚上吃浑水面条还是打卤面？我想都没想就说：哲学问题。

伐　　树

"有问题没发现是失职，发现问题不解决属于渎职"，失职是过错，渎职是犯罪，我既不想有过错，更不会主动去犯罪。所以，对四社到村部这段村路两侧的树木，我揪住不放。不仅写文章呼吁，也和村干部商讨，但都没有实际效果。那些歇地的杨树，还在那站着，像个没屎没尿的如厕者，连个屁的响动都没有。那些树以每年十二棵的数量在减少，算下来再有五年也就差不多在地表消失。问题是五年时光不算短，不仅是我等不起，老百姓也等不起，没有放弃对它们的摧残，依旧镐头斧子地在树身上掏窟窿，依旧在黑窟上浇柴油。那些黑窟都是面向西南，膝径处树身被掏掉三分之二的肉。膝径是指膝盖那么高的部位树的直径，那些树的直径大都在六十厘米左右，黑窟部分已经被掏掉了四十厘米，也就是说还有二十厘米连接或者支撑着几十米高的大树。即便是仅剩二十厘米的树身，也都有裂痕，西南风吹着树冠，那些裂痕一会张开，一会合上，大树随时都有轰然倒下去的可能。我目测大树到电缆线之间的距离，如果几十米高的大树倒下去，那些标着"联通""移动""吉视"的电缆，将会被砸成僵死的蛇。不仅电缆，还有公路，如果大树倒下去，树冠正好躺在路面上，那会儿路面上有行人或车辆——最好不要有，谁知道呢？

"市扶贫办：我是市文联驻梨树县小宽镇长发村扶贫工作队员，长发村四社到村部之间有一条两千米的水泥路，路两侧还剩下五十九棵'火燎树'，因为间距太大（平均七十米），已经丧失或者基本丧失了防风和水土保护功能，树根部大都被刨和火燎，开春风大，随时都有倒下去的可能。此事虽然不在扶贫攻坚工作范围中，因为有多家单位电缆穿插其中，存在公物被砸坏隐患，大树距离路面太近，存在人身安全、牲畜安全、行车安全隐患，安全大于一切，安全隐患不排除，扶贫还有意义吗？此事已经和村委会协商，他们不敢随便动那些树，请市扶贫办和有关部门协调，尽早排除隐患。"

这个报告送上去几天就有了反响，上级林业部门来村上调查，现场拍照，并通知村里去开准许采伐证明。我以为做了一件好事，不想却引起了群众恐慌。群众嫌我多事，那些树的最好归宿就是半人工半自然死亡，有关部门也不会追查"火燎"元凶，现在，说不定哪天找上门来，手铐子，咔。手铐子？我明白了，是指林业派出所。我吸口凉气，也做好了准备，真有那么一天，我会把群众拦在身后，然后走上去，伸出双手，我是元凶。

红 衫 男 人

去长发需要倒两次车，四平至孤家子，转乘到小宽的客车，还有二十里土路到长发，倒乘无牌照出租车或者三轮摩托。那天赶上一辆出租车，包车二十元，讲好价格，刚要出发，一位红衫男人摆手截车，司机也没征求我意见，我也没计较，反正座位空着，让司机捡个外快，也成全了一位乘客。

红衫男人打开车门的时候手上举着电话，正冲电话咆哮："废物，这等废物活着有什么意义？"然后坐在副驾上，继续咆哮："他打你一拳，你就应该砍他一刀，他打你两拳你就应该砍掉他一条胳膊，像你这种废物，别再给我打电话，我不接废物电话。"然后把电话关掉，似乎很气犹未尽的样子。司机见他静了下来，才问目的地，红衫男人向前面一指："除了个憨死牛子的长发还能有哪？"然后将五元票子丢在司机腿上。电话又响，红衫男人看了看号码，脸上挤出不耐烦，还是接了："我不是告诉你别给我打电话——是姐姐呀！怎么是你打电话？你那个孩子就是个窝囊废，我没这样的外甥。在饭店还能让别人打喽，哪个饭店没有刀，切菜的、剁饺馅子的、剔骨头的，啥刀没有？来一个砍一个，你那孩子倒好，打电话报警，把权利交给了警察，那是最没能水的表现。既然活得这么窝囊，活着还有什么意义？窝囊废。"然后电话又关，还是气犹未尽，像是对司机又像是对窗外，指关节敲打着前挡风玻璃下面的塑料盖子："你说哪有这样窝囊的，在饭店吃饭，被俩小流氓打了，还报警，让警察评判谁对谁错，可下有了点权利，还交给了警察，窝囊到家了。"司机显然不太愿意和他搭话，把脸扭向窗外。红衫男人感到了被司机冷落，有些不满："哥们，你别假装听不见，你帮评判评判，你看我说得对不对？"我担心司机如果再不搭理他，会发生口角，就接过话："找警察没什么不对，要是按你说的，拿起菜刀就砍，砍死人不得偿命啊？"红衫男人立刻来了情绪："偿命就偿命，能托生起就能死起，窝囊废死了也就死了，活着也没什么意义。"我有些好笑："你外甥如果把别人砍死了，你还认为是窝囊废吗？"红衫男人想都没想这里面的逻辑概念，或者说他压根就没有逻辑概念："他有那两下子，有那两下子的人，哪个怕死？窝囊废才怕死，活下来的哪个不是精英？"又是一句逻辑混乱的话，我无法和他辩解，就不再搭话。红衫男人却自顾说下去："自己事就得自己处理，让警察处理什么？小日本欺负中国，非得找美国去评判吗？美国算干啥吃的？评书上说张献忠有个七杀令，天把万物给了人，人无一物回报天，杀杀杀杀杀杀杀。"我听了倒吸一口凉气，这样的人如果在中东，说不定会搞人体炸弹。

晚上睡不着的时候，眼前总是出现红衫男人。忘了是谁说过，随着乡村伦常渐次弱化，通往未来的道路上注定会行走着一些变异的人。变异，是不是一种精神状态我不知道，问题是，如何让变异归回原位，使得乡村文明承平发展，才是我们最该思考的问题。

当然，我说的"精神"是指精神文明。

保　　单

这是发生在几天前的事情，具体到分秒是凌晨三点二十五分。

天气突然就冷了起来，白天气温在零上，晚上就到了零下十度，这样的气温在电脑间根本不能干活，围着被子也淌清鼻涕。坚持到十二点，就跑回住处，村部的小炕，炉子里面煤火正旺，摸一摸炕革，挺热，小屋也很温暖。洗漱完毕，按照村干部的嘱咐，打来一盆子清水，防止煤烟中毒，清水可以吸收二氧化碳（其实是一氧化碳）。村干部还嘱咐我睡觉前把房门打开一道缝，保持空气流通。村干部的嘱托我执行了一半保留了另一半，房门我没留缝隙，而是把房门关死，还上了反锁。毕竟，那么大的村部，走廊黑黢黢的，四周又那么安静，孤零零一个人，心慌是必然的。

这些年一直是晚间写作，已经养成了晚睡晚起的坏毛病，外加心慌，没有睡意，拿起电话想给家里发个短信，时间不对，把手机塞到枕头下面。难得这么空闲，放松身体，也放松神经，让思绪漫无边际开来，随心所欲地飘忽，一会从贫困户甄逵身上跳到李玉环身上，一会又由贫困户跳到报纸杂志，一会又从报纸杂志跳到父母师长，就这么跳来跳去，不知过了多长时间，枕头下面嘟嘟起来，有短信，伸手掏手机，胳膊没了肌力，软绵绵的像面条，晃晃脑袋，一阵眩晕，随即开始恶心。

直到天亮，我还围着被子坐在零下十度的电脑间。

电脑屏幕上留下一页文字，仔细一看，全是债务。

1、答应给贫困户李玉环家换防寒门，一千二百元，四社刘树海改建鸽舍，垫付五百元水泥钱，此两笔款项从八月份驻村补助中支付。

2、甄逵家房梁问题没有彻底解决，需要继续呼吁。

3、吴老二的君子兰花苗，三百棵，还没运到长发，价格面议。

4、前次作协扶贫捐款，卖水果的齐洪波捐了一百，需要补回去。

5、孤家子公安局杨海军雇出租车接送两次，短途，往返六十元。

6、跑线车司机朱军一百元，电话号在手机号码簿。

7、省作协来客人，从孙学军处借款二百元。

8、《文化四平》杂志，印刷费六千元，请主办部门支付。

9、文化局王立胜代交电话费三次，每次一百，共三百元。

10、答应给画家李占军写的文章，草稿完成，在电脑C盘，写孤家子老干部彭国才的文章截稿，在电脑D盘，欠王伟老师一篇文章。

11、电脑文件夹里的文章，长篇小说《红灯记》转交省作协朱静老师，长篇小说《离乡记》转交高君，长篇小说《补石记》转交宗仁发主编。散文《美丽乡村话短长》转交中国作协马志刚，几个电影、电视剧脚本全部发给制片人冷雪松。

我对着电脑上的那些文字发呆，我写这些，算什么？猛地打了个寒噤，遗嘱？又一笑，寒噤什么？所谓"不生不灭，不垢不净"，从字面理解就是"没有生就没有死，没有好就没有恶"，反过来说就是"有生就有死，有好就有坏"。人生下来那天开始，就是往死的方向活，那叫向死而生。无论王侯将相，还是平头百姓，每个人都会有那么一天。就像我们明知道春去春又来，云聚云会散一样。我们知道早晚都有"那一天"，内心就已经做好了准备，所以，电脑上的这个东西，就当是火车票旁边附着的那张保险单。

旧　债

贫困户脱贫工作有条不紊地推进，从我刚入村时的七十一户，到二〇一八年末验收就剩下九户了，往下还有一项攻坚任务，就是贫困村摘帽。长发村不仅贫困户比例大，还是个穷光蛋村委会。刚来长发村的时候，院地面是黄泥沙子混合土，赶上雨天一脚踩下去能陷没脚脖子，院墙的豁口是通往野地露天厕所的过道，二〇一七年春天带着作家团队来长发，女作家找不到厕所，只好在村部房山头的苞米秆子垛旁边解决。即便是这样，村主任老霍还敢拍胸脯子说话，虽然是贫困村，但这届村委会以来没有一分欠债。这是我们初到长发村时老霍说的，而且是拍着胸脯说的。那会儿我就想老霍是不是玩语言游戏？这届以来没有外债，那前届或者是更前届呢？陈债越早负担越大，新官不担前面债的事情哪儿没有？如果你们也是那样，受伤害的还是老百姓。其实我多虑了，这届村委会原班人马已经三届半，十六七个年头了，这期间也正是中国农村改革四十年的后半段，国家相继出台了多项惠农政策，也对陈债做了梳理，大多数由政府负责。老霍说的"没一分外债"，站得住脚。没有债务就没有负担，贫困村摘帽就不必担心为旧债埋单。而且，摘帽的标准也不高，村委会集体经济收入每年五万元，就是贫困村脱贫标准。长发村尽管没有一分外债，可集体收入也没有一分。农村集体收入除了靠产业项目外，就是靠集体用地出租。长发村没有产业项目，没有一垄集体用地，村里的集体用地早就分给了五保户。也就是说长发村摘帽，指望不上村委会。不过也好办，市里有四个部门，县里还有民政，还有镇党委，这样一算，脱贫压力并不大。问题是，帮他摘帽一年两年容易，三年以后怎么办？扶贫攻坚不是做样子，不能走捷径，更不能"打快拳"，就像现在，长发村有了一笔收入，是邻村旧水渠更新，垃圾运输需要经过长发村一段路径，乡政府协调，给长发村两万"买路钱"，充进集体收入。那么，邻村旧水渠年年更新吗？明年还有垃圾运输吗？所以，尽管老霍怎么拍胸脯子，长期稳定的收入机制是必然的。这些，不是我一个人能看懂，还有很多人，比如县委，比如乡党委，深入到长发村实地，寻找项目线索，为长发村联合立项了君子兰花卉项目，产值不大，但足以让长发村摘帽了，而且，只要君子兰常绿，长发村脱贫树常青，小康路上就不会掉队。

贫困村摘帽没了问题，贫困户脱贫全覆盖在望，村委会包括老霍也都轻松了起来。可谁也想不到的是，账面上没外债，不能入账的债务露出来了，还是陈年旧账。

改革开放四十年，经济发展突飞猛进，长发村的旧账都是在这期间发生的，两笔，都摆不上账面。

第一笔，老刘婆到村里要账，十年前她侄子在城里开澡堂子，有一回老霍带几个村干部去洗澡，还挂着账。

第二笔，养出租车的常三拿来一堆条子，都已经发黄了，有吕宏伟儿子的，有老霍爹的，条子上都是写着替村委会出公差。常三早就不养出租车了，是最近翻柜子发现条子的。

两笔账都不多，也足以验证当年长发村的形态。但那会儿哪个村没有白条子？哪个村没有给七大姑八大姨办低保的？哪个村没有把集体用地便宜租给亲属的？何况老霍他们没有私分集体财产，没有贪污农民补助。更何况那些是十八大之前，现在，已经收手。但显然，收手不够，这不，老霍把拍胸的手放下，低头掏钱，为白条子，为那个时期所作所为买单。

父 债 子 还

四社有两户人家紧邻，左面虎踞龙盘，右面雀巢鼠窝。左面瓦房地基高出地面三尺，高高的地基上耸立着四间大瓦房，房脊两头镶着鸟，象征着日子像鸟一样高升，明亮的玻璃窗反射阳光，院里小四轮轰鸣，一派繁华。右面的那两间平房，灰头土脸，矮小瘪瞎，院里几只大鹅，畏缩地窝在墙角，一副柴门冷院，类似大户人家装粮食杂物的偏厦子。

左面大户姓齐，户主齐文顺。右面偏厦姓王，户主王立才。齐文顺和王立才从小一起长大，父母都没给留下任何积蓄。齐文顺七十五岁，王立才七十四岁，齐文顺身高一米六五，王立才身高一米六六，齐文顺一儿一女，王立才一女一子，齐文顺家有良田八亩，王立才家有八亩良田。同样的家庭结构，同样一条水平线起步，同样春种秋收，不同的是房顶的炊烟。大户房顶烟筒里冒出的炊烟，淡蓝色，像女人的手臂，有点弯曲，有点招摇。偏厦房顶也有烟筒，也在冒烟，淡灰色，刚一冒头就被打弯，再冒头，再打弯，类似女人哮喘。紧邻的两户门庭，一个像财主，一个像长工，一个是当代致富带头人，一个是脱贫攻坚钉子户。

临近年关，齐文顺家炊烟依旧招摇，小四轮轰鸣依旧。王立才家炊烟依旧哮喘，大鹅依旧畏缩。几声警笛，打破了两家的"依旧"。随着警笛声临近，一辆微型面包车停在王立才家门口，都知道那是吕宏伟的座驾。吕宏伟是治保主任，代表派出所负责长发村治安，穿一身仿警服，微面上安了一盏灯，也打闪，也发声，打的闪是矿区才能看见的蓝闪，发出的声也是矿区才能听见的警笛声。随后几辆轿车停在微面后面，村主任、第一书记、扶贫队员、媒体记者，白色的米袋、黄色豆油桶、蓝色带鱼盒、红色水果标。警笛声刺耳，掩盖了齐文顺家的小四轮轰鸣，惊醒了王立才家沉睡的大鹅。众人走路带风，打弯了齐文顺家房顶的炊烟，激活了王立才家房顶的烟筒。

第二天一早，村委会门口站着个老头，脸色冷清地直接找张姓的工作队员。扶贫工作队里面两位张姓，工作队长姓张，我姓张，有事自然要队长在前。找到了目标，老头气势汹汹地奔了过去，一把揪住队长衣袖，村里欠我的钱，什么时候还。

据我所知，村里的几笔债务，都是陈年旧账，也不是这届村委会拉下的饥荒。虽然是贫困村，这届村委会也没拉饥荒。可眼前这位老人，追的是什么债？老头叫齐文顺，早年开豆腐坊，卖干豆腐。据他讲，三十年前村里有伙食点，招待来往客人和乡镇干部。当年的村书记，也就是吕宏伟父亲，外号吕大嗓门，把伙食点设在王立才家，王立才老婆长得好，是伙食点主人。王立才常年在外画棺材头，挣钱多，王立才家日子过得好，日子好过，为啥把伙食点设她家，傻子都明白是咋回事。伙食点赊干豆腐，到吕大嗓门不干村主任时，欠了六十多块钱。这笔钱，是吕大嗓门欠的不假，那也要村委会还，村委会里面有吕大嗓门儿子，这叫父债子还。那会干豆腐一毛钱一斤，现在十块，翻了一百倍，所以，这六十块，要还六千块。工作队长听不下这些陈年旧事，管不了这些陈年旧账，有些不耐烦。齐文顺急了，指着工作队长鼻子，都说你是和县长一般大的官，昨天大小车辆到王立才家显摆，我这点钱你敢不还，我到上面告去。显然，齐文顺把工作队长当成了我，昨天的活动是我搞的，年底给贫困户送慰问品，四样。也显然，齐文顺是嫉妒，农村话叫眼气。面对这样的主，我也没办法，忙躲起来。偏巧吕宏伟来了，看见齐文顺，声音矮下三尺，还叫了一声舅，然后搂住"舅"的肩膀，从车里拽出鞭炮，把齐文顺哄走。吕宏伟叹息，齐文顺也不是真正来要账的，是来发泄的，叫一声"舅"外加一捆鞭炮，气就顺了。发泄什么？昨天的扶贫举动，有点招摇，给村干部带来了不小压力，最起码，吕宏伟付出了一捆鞭炮，看来，扶贫不仅要精准，还要讲究方法。吕宏伟却豁达，为了乡村和谐，就当我爹当年真有那事，父债子还。

黑　户

在扶贫攻坚领域，控制返贫，类似控制安全生产事故。如果脱贫后返贫，哪怕一例，其影响程度不啻煤矿冒顶。有那么严重吗？看看扶贫攻坚责任书，脱贫指标、产业项目、乡村卫生、安全饮水、驻村天数、产品代言等等共十六条，都是增分项，比如贫困户当年脱贫达到总数百分之三十，计二十分，产业项目上马见了效益，计十分，以此类推，满分为一百分，各帮扶主体单位按照这个指标努力，达到八十分以上的都能排进前三。但有一种情况出现，就一票否决，返贫。也就是说只要发生一例返贫，不要说八十分，就是满分也作废。当然，这个规定没写在纸面，属于不成文的规定，就像交通规则里并没有夜行会车时要关掉大灯一样，没写上纸面，但人人遵守。什么原因？开车是工作，关大灯是防止事故。同样，脱贫是任务，返贫是事故。这让我想起二十世纪九十年代初期，那会我在乡下当副乡长，全乡最最重要的工作就是计划生育。每个副乡级以上领导都有包保村，也定责任目标，我接到的责任状上明确写着年度内育龄妇女结扎率达到百分之百，即为全年工作满分。如有一例计划外怀孕，全年工作都清零。同样，育龄妇女结扎是任务，计划外怀孕，是事故。那会农村大墙上的标语都是"计划生育是国策"。在国策面前，不准有任何事故。

但任何事情都会有意外，都有不可逆因素。比如不久前，我吃口土豆子也能把牙崩裂两半，谁知道土豆里藏着块骨头？再比如二十年前梨树县某十字路口，交警坐在岗楼里也能被大卡车撞死，这算不算意外？再比如计划生育，我包保的村就出现了一例计划外怀孕妇女，已经做过结扎手术，可偏偏就怀孕了，那算不算意外？

同样，返贫现象出现，也有不可逆因素。比如甄逯。

甄逵家早年是贫困户，二〇一六年脱贫。按照村干部给出的脱贫理由，甄逵家两口人四亩地转租，儿子儿媳在外打工，干的是手艺活，工资不比机关干部挣得少。而且，甄逵儿子儿媳都很孝敬，每月最低“孝敬”五百元，全年就是六千，加上土地转让，年人均达到五千以上，只因某年甄逵得了肺心症，拉下点饥荒，外加老两口人缘不错，所以，当年统计贫困户时动了恻隐之心，把他家计算在贫困户之内。后来精准扶贫拉开大幕，当初给他家定贫困户不够“准”，只能排除在贫困户之外，这也就是脱贫。看来，农村扶贫工作在某一个时段该有多么随性，定义贫困和定义脱贫，也多么简单，难怪总书记要提出“精准”。

甄逵家就这么脱贫了，甄逵家摘掉了贫困的帽子，不贫困了。可能是这顶帽子摘得过于轻松，也可能是甄逵家注定和贫困结缘，哪怕像当初那样戴个假“贫困”的帽子伪装，真贫困也不会那么轻易找上他。一场灾难袭来，甄逵在外打工的孩子被绑架，绑匪勒索两万元赎金，经过讨价还价，两万变成了一万二。一万二千元是村里帮他计算出的儿子“孝敬”父母两年的总和，赶紧拿出来交赎金。现金或者存单都行，可无论现金还是存单，都不在甄逵手里，在哪？在村干部脑袋里，那一万二千元是村干部给列的假存单。真存单在哪？在甄逵家老两口的那张脸上，在长发村多年，谁家鸭子走丢了帮着赶回来，谁家孩子上学回来晚了帮着送回来，谁家收庄稼忙不过来帮着伸把手，就这么留下个好人缘，挂在那张脸上，现在以脸为票据质押，东家挪西家凑，总算凑够了那个灾难数给绑匪汇出，心里还在祈祷绑匪千万不要因为讨价还价减少了八千元而撕票。当然，那是个骗局，骗局之后的事情不在我叙述范围之内，我只关注贫困。拉下一万二千元饥荒，甄逑家这次是真贫困了。可甄逑家却进不了贫困户大名单，不在大名单也要把他当贫困户对待，小康路上一个都不能少，市、县、乡、村各种帮扶措施还都有他的份，甄逑家只能算名单以外的"黑户"。为什么？因为脱贫是工作，返贫是事故，脱贫是方向，返贫是逆流。最主要的是，脱贫加分，返贫一票否决。

贡　电

乡下春来风景异，斜阳黯去无留意，四面嘈声连角起，庄户里，长烟落地珠帘碧。我不会作诗，纯粹是触景生情，按照范仲淹的《渔家傲》，随性而发。

都说投资不过山海关，想不到雨也这么势利，天气预报天天播报山东半岛、中原地区雷阵雨，局部地区大到暴雨，山海关以北，艳阳高照，照了一个春天，而且，"未来一周，晴，偏西风三到四级"。

未来一周，掐指头算，再有三天就是小满，清明忙种麦，谷雨种大田，立夏鹅毛稳，小满鸟来全。清明早就成为岁月那边的远光，谷雨也已随风远逝，现在是立夏的最后三天，未来一周，跨着立夏和小满两个节气，小满的下一个节气是芒种，芒种开了铲，锄头都已经铆足劲跃跃欲试，种子却还没种进地下。

盼了一个春天，每天赶着钟点看天气预报，盯着卫星云图上闪电雨滴的标志，从清明到谷雨，从谷雨到立夏，眼看着小满了，卫星云图上的那个标志始终在南方游弋。不能再等了，赶紧种地。这是村干部用大喇叭喊的话，未来一周也没有雨，再等下去，今年大田就彻底撂荒了，抽水灌溉也要把地种上。

抽水，就要打小井，也就是安自来水之前，家家使用的压水井。现在，压水井从院子里转移到田地里，去掉井头，安上水泵，柴油发动机吭吭吭地带动水泵抽水，成本加大了，也没办法，谁让老天爷不给雨呢？谁让电业局不给扯电呢？

抽水灌溉怎么扯上了电业局？

其实，东北腹地降雨减少，春旱严重，已经不是一年两年的事情了，无论是自然生态原因还是大气层原因，反正，近几年，年年春旱。上级政府也意识到了这种现象，也有了对应政策，围绕商品粮基地打抗旱井，并把此项工程纳入到了惠农工程系列，水利系统是具体实施部门。水利系统对贫困村格外恩典，抗旱井也算政府资源，财力或者其他原因还不能一次性到位，需要逐步推进，长发村却已实现了抗旱井全覆盖，解决贫困是最大的课题，政府资源配置到贫困村，不会产生攀比。钻井机钻头扎进地下，掏出个直径三十厘米的洞口，直达地底二十米，直径二十五厘米的水泥管子，一截一截地顺下去，井下咬合。每间距百米一眼井，井口探出地面半尺。水利部门认真，井口上压着重重的水泥盖子，正方形，既是为了人身安全，也是防止杂物掉进井口。粗略计算，打一眼抗旱井，水泥管、运输费、人工费，累计万元，还不算占用土地。长发村共有百眼抗旱井，政府投入了上百万。

可这上百万资源却被一块正方形水泥盖子压着，起不到惠农作用，原因是电业部门还没给扯上电。这就像，两口子分工，你预备柴火，他预备米。现在，米有了，柴火却不来。古人说"三个和尚没水吃"，现在看，是两个和尚也吃不上水了。

这让我想起了《庄子·天地》里的一个典故，子贡过汉阴，遇一老者抱瓮入穴舀水以灌溉，子贡不忍，要帮老者制一脚踏水车，老者勃然作色，斥子贡，有机械者必有机心，有机心则纯白不备。子贡卑陬失色。电业部门大概是把老百姓当成了那位老者。

太阳刚刚落山，村部住处像一座孤堡，田野上传来柴油发动机带动水泵的轰鸣，庄户人拖拽着长长的水管，水管每间隔一米扎着眼孔，从眼孔喷出的水丝，在黄昏的大地上泛着白花，如一帘珠碧。水珠落地，滋润了大地，却无法润湿我心中的叹息。

大 地 子 孙

扶贫攻坚的活，放在我身上纯粹是失误。我是一个小文人，想靠文字安身却一直没混出个席位，时常聚几个臭味相投的穷酸文友，就一盘土豆丝或者油炸花生米，吸一口五元一包的黄红梅，侃《哈姆雷特》《茶馆》《北京人》，骂几句富得流油的俗艺人带坏了世风，打着北京牛栏山二锅头的廉价酒嗝，跺下脚回家。身上既有阿Q"狗才吃葡萄"的酸气，又有唐彦谦"千古老儒骑瘦马"的腐气，还带点屈原"宁溘死以流亡兮"的傲气。正是这几个"气"的存在，使得我朋友不多，权贵朋友更少，在扶贫问题上没有外来的帮衬。我本身所在的部门也和我本人处境一样，十几个人的小单位，搞精神文明的，余秋雨说过"人世间只有精神是最瘦削的"，精神瘦削，单位自然贫寒，年终要给贫困户买点慰问品，也要动员党员干部带头捐款。单位寒酸，个人寒酸，穷在闹市无人问，不仅"无人问"，就连小区贵妇圈养的贵宾犬都带搭不理，你打个口哨，朝你叫一声就失去了再叫的兴趣。我这样的人没有一点点社会旋转能力，在物质趋向日甚的现实社会，就是个生活矮子，现世侏儒。

好在，我还有个东西没丢，那就是情怀。

单位选派驻村工作队人员的时候，我是在决策者层面，对照每一张面孔，逐个分析困难和利弊，不是岗位脱不开，就是生活爬坡段，不是身体条件差就是对农村工作陌生，把那三四位（男性）面孔放在马勺里翻腾了几个来回，最终大伙把目光聚焦到我身上。是的，我在单位是虚职，岗位不重要，我上无老人下有一小已经在国外安定下来，我身体条件没问题，机关篮球赛打前锋，最主要的是我自小在农村长大，搞过农村社会主义思想教育，当过村主任和副乡长，这些年写文章也都是乡土题材。这还有什么说的，下乡扶贫最合适，扶贫队员那个岗位最需要你这样的人。而且，"乡土题材"这句话切中要害，那是我心灵的软肋，就像看不得别人叫爷爷奶奶那样，我不记事的时候爷爷奶奶就离开了，我羡慕那些孙子，我想当孙子却找不回我自己的爷爷奶奶。由此，我才领受了一方水土带给我的责任，接过担子，去乡下给"大地"当子孙。

我就是这样带着"孙子"情怀，一头雾水地来到了乡下，却什么都做不来。扶贫攻坚初期阶段，补血最见成效，一个村三五十家贫困户七八十个贫困人口，逢年过节每户几百元的钱款或者物资补助，再收集些旧衣物，政府负责危房改造，很快就能达到"三有"。我只能完成"一有"，那就是"有衣物穿"，从家里翻出一部分，动员朋友捐一部分，两百件旧衣物还是很好解决的。问题是只捐旧衣物，那剩余"两有"怎么办？三五十家贫困户，每户一袋大米就是三五十袋，就得三五千元，自己掏不起，单位拿不出。而且，信息发达，邻村给了多少豆油、苹果瞬间就能传过来，搞得自己面对贫困户都抬不起头来，只好动员作家群体捐款，有一分热发一分光。只是作家群体都和我一样，瘦削，靠捐所得只够三五十家买桶豆油。但不管怎么说，有了补血的过程，在老百姓面前也敢抬头了。后来扶贫攻坚有了新规划，扶贫主体单位或者个人，尽量不要补血，而是造血，建立有长期稳定收入的造血机能，让老百姓的"三有"也长期稳定。这对我来说更为艰难，不仅对我，对长发村扶贫工作队都是挑战，长发村位置偏僻，又没有特产，就算掘地三尺也找不出一点点资源，上什么项目？何况，上项目需要真金白银，哪儿弄去？

来乡下扶贫快两年了，我到底怎么做才能情怀以偿？

我的"大地"子孙夙愿何时以偿？

驻　村

村部腾出一间房子当厨房，我们驻村工作队员（平时保持四人）就在那里做饭，电锅、盘子、碗、筷都是我购置，还有大米、豆油、鸡蛋，村里给准备了煤气罐。会计老王和村主任老霍常去镇上，由他们捎回来两块豆腐半斤绿豆芽，给钱也不收，每个月我们都要亏欠他们一百块钱，我们都想办法补上。老王老霍是很节俭的，刷锅时煤气罐开着，也要把煤气阀拧上。即便如此，也还是敷蔽不住脸上的困窘，并时不时地流露出不满。他们不满什么？

村部东大墙不远是厕所，驻村工作队员们如厕后总是喜欢补颗烟，站在文化广场看着逐渐升高或逐渐降落的太阳，赶上天阴了就看手表，唠些家长里短，再看手表。他们都是县城的，又都会开车，早来晚走也还方便，我却不能，来去需要乘坐大客车，四平到孤家子，转乘小三轮车到村上，单程需要三个小时，我不想把时间都耽误在路程上，所以，出来一次就多住村几天（按要求驻村不得少于二百个工作日）。奇怪的是，唠着唠着，他们说话言语间总能流露出焦躁，或者不满。他们又不满什么？

村部以东有一条水泥路，一公里长，长发村大部分房舍挂在这条路上。我不太喜欢憋在屋子里，就经常在那条水泥路上行走，从老崔家的柴火垛，到老王家的小卖店，再到老赵家的诊所，小卖店后身，还有个两块土坯搭成的小土地庙，供奉土地爷的。长发村的土地爷大概也是没啥出息的地方保护神，黄酒白酒都不论，公鸡母鸡总要肥，是土地神里排名靠后的，就像村主任老霍，顶着贫困村的帽子，每次开同级会都抬不起头来。我也遇上了抬不起头的事。从老崔家的柴火垛，还没到老王家的小卖店，路边就跳出三伙人，第一个是老大爷，拽着我说扶贫工作队骗了他，哄着按手印，他家不是贫困户了。第二个是个老太太，述说她家房子不好，耗子把米都偷吃了。第三个干脆就杵在路边，翻着白眼珠骂一句，工作队？哪有好东西？骂的我不明不白。村民对扶贫工作队哪来的这么大怨气？他们不满什么？

对村干部的不满，我能理解。长发村没有一点集体收入。呼啦啦下来个工作队，吃饭问题，住宿问题，哪样都得解决。这么大的队伍，这么长的时间，买块豆腐都要算计的小抠干部们能不上火？这不，眼看着天气凉了，村部不得不买个电暖风，算一算一天点掉的电字，俩小抠干部牙都要咬碎了。可问题并没有到此为止，村部的小炕，从前不需要烧，现在住进了队员，不得不买来煤炭，一个冬天就要烧进去上万元，简直就是天文数字。因为这些，我每次去都要买些鱼类肉类和蔬菜，俩小抠看见我背着大包进来，脸上的皱纹都跟着开花。毕竟抠惯了，把小农民的满意和不满意挂在脸上，也挺可爱的。

对于驻村工作队的不满，我也找到了缘由。上边给扶贫驻村队员安了丁丁软件，据说能定位，早晨来了，用手机报到，晚上走时，也要报到一次。这个问题说轻了是"信任不信任"问题，说重了上升到"民主和自由"问题，打个比方，公鸡打鸣是自然规律，为啥非要给它拴根绳子，能不能产生逆反心理？再打个比方，早晨来了，拿起贫困户档案，和档案对视一天，或者睡一觉，摆弄摆弄手机，候到晚上下班，反正没旷工，也没早退。我无须看手表，我没有丁丁软件，岁数大了，对现代电子产品摆弄不明白，还在使用老头版手机。

对于老百姓的不满，我的理解是，扶贫工作肯定还有没做到位的地方，以我为例，给村部铺了地面，购买了煤炭，钱没花在贫困户身上。给两家贫困户换房门，其他贫困户为啥没有？上马的养殖项目迟迟未见效益，老百姓还没得到实惠。

但毕竟"扶贫大于一切"，如何化不满为满意，最起码由三方不满减少到两方或者一方，可当我们静下心来扪一扪自己心扉的时候，总会吃惊地发现，我们给自己设置了多少误区？我们在强调"精准"的同时是不是忽视了更要科学？想想，再想想。

忧　村

四社前趟房，从东首祁明远家到最西面刘长福家，共二十三户住宅，空巢十一户。按照这个比例，长发村一千九百五十一位人口，常住人口不到一千。十年前，中国社科院金融学博士曹汝华来四平调研，我陪他走村串户，他就发出感叹，再过三十年，中国将有百分之六十的乡村成为废村。理由是，三十岁以前的年轻人走光了，考上学的不回农村，没考上学的都到城里打工，农村没有新丁补充，还在不停地减员。三十年后，最年轻的都已经六十岁，不敢想象，未来的村落，可能只有几十个花甲以上的老人在游荡。

长发村院子里立了个村务公开版，靠左面一栏是村委会委员分工。最上面是村支部书记兼村主任老霍的照片，下面是村文书兼会计老王，依次是治保主任老吕，宣传委员老齐。我本人年龄早已经超过五十，按照四舍五入法我应该入进六十岁，但在四个村委会委员姓氏前面我都加一个"老"字，说明他们都比我大。这套班子人马年龄老化是不争的事实，但是，没有接班人可培养也是不争的事实。这套班子已经干了三届，即将面临第四届选举，可就算像抗战时期挨家查户口，也找不出一个"当事人"，有文化的都在城里机关企事业，没文化的都在城里工地厂区。未来的村委会，可能只有这四个古稀老头在晃荡。

三社王长顺，七十九岁，生产队时期由车老板子到生产队长，墙壁上还挂着那个时代的照片，穿海军衫，胸前挂着毛主席像章，手中捧着"生产标兵"奖状。一脸阳光，一派昂扬。据说他这个"生产标兵"来之不易，赶马车去哈拉巴山拉石头，为了多装两块，宁可自己步行八十里。生产队仓库失火，他最先赶到现场，一个人把里面的二十担高粱种子扛出来。邻居老八路，无儿无女，他担起了挑水扫院的职责。全长

发村没有不喜欢他的，给他绰号"王模范""九好人"。可到
了六十岁以后，这么叫的人少了，一直到七十九岁，人们好
像忘记了还有"王模范""九好人"这个称呼。不是别人忘
了，是他自己忘了，也不是他自己忘了，而是自己把那些过去
的光彩丢掉了。七十九岁的王长顺，每天都在小卖店门口，张
开嘴巴就是泄私愤，从左邻右舍到村、乡、县，全村人对不起
他，全乡人对不起他，全县人对不起他。凭什么前院老李头每
月能得八十块钱养老补贴我才得六十块？他也仅仅比我大两
岁。凭什么我不是低保户老刘头就是低保？凭什么小学校扒院
墙我挣五十老刘头挣六十？我那十块钱是不是让村干部贪污
了？六十岁到七十九岁，短短二十年时光，王长顺就由一个人
人喜欢的"好人"变成了当代"怨妇"，张嘴就是钱、钱、
钱。这种坠落的速度，不敢想象。

　　我的朋友张振海，是个极端反科学主义者，他认为文学
是发现美，科学是在毁灭美。科技进步，是人类在给自己挖
坑。化肥和农药的出现，供养人类的土地被侵蚀，由此衍生的
各种化学病菌给人类生命带来了前所未有的危害。还有转基
因，转基因产品耗子都不吃，制作成饲料小鸡也不吃，可我
们人类却都在用。转基因大米，转基因豆油，转基因罐头，
当所有的食物都是转基因产品那天，妇女生育将会受到严重
影响，我们面临的是灭种危机。当然，他的观点是站不住脚
的。美国是化肥农药生产量最大的国家，美国也是转基因产

品生产基地，中国的土地不使用化肥农药，不种植转基因品种，粮食产量就上不去，等待你的也只能是挨饿，或被美国粮食控制，那叫"粮控"。那种情形出现，同样也无法想象。

"杞国有人，忧天地崩坠，身无所寄，废寝食者。"这是一段尽人皆知的典故，那个杞人按现在精神科医生的诊断标准，肯定是狂想症、妄想症、抑郁症组合的并发症，需要临床诊治，对症药品是阿普杜伦和挫硝西泮。

我也患了和杞人一样的病，为农村人口担忧，为农村班子担忧，为农民道德下滑担忧，也为化肥农药转基因侵蚀的土地担忧，直到现在，还没有找到一种对症的药。

家　未　来

关紧房门，关上电灯，褪去身上所有的布件，四仰八叉，翻来覆去，把一条腿耷拉到炕下，就是排不出窝在丹田上的那团气，那团气象梗堵，就守住了身体里的一个关口，不上不下地在那堵着。用拳头敲，把肚子往炕沿上磕，哪怕让那团气胎死腹中，无济于事。

就在刚刚，两个小队干部的孩子跑到村部避寒。乡里统一组织巡视"火点"，春季来临，农民又要放荒了，需要各队小组长巡视。两个孩子都在读高中，顶替他们的父亲巡视，开着没牌照的报废车来回巡查。可能是报废车没有热风或者四面漏风，两人冻得哆嗦着钻进我居住的小屋，淌着清鼻涕也没忘记对着手机嘿嘿地笑。他们正在看短视频，里面的对话不堪入耳，大概是一男子捉奸抓了现形，男子咆哮着打女人嘴巴，一边打一边骂，还骂出个人名，好像叫贾小伟。屏幕上的内容也一定是污俗不堪，否则，两个人不会咧着嘴沉浸在画面里。

我没办法打断他们，他们已经心无旁骛，这个时候打断，会不会产生什么后果，毕竟我是寄宿，否则他们也不会轻车熟路地钻进亮着灯的小屋，旁若无人地爬上冒着热气的小炕。如果我打断他们，他们会以主人的身份把我驱逐吗？可能是。

他们对我的存在不闻不问，我甚至觉得这样的青年不如那些被贫困折磨得灰暗的面孔：甄奎、邵立才、杨喜文、王兴义，还有邵明珍的婶婶等。他们也曾经为一点小利计较，也曾经眼红，也曾经不满，也曾经牢骚，但只要送一份真心，他们就会回一份热度，哪怕一个月牙白的眼神，也会让你久久不忘。而眼下，我用真心，像老师一样劝他们不要追求那种庸俗低俗的东西，而是把时间用在学习上，有用吗？

答案是没用的。

在一个消费和享乐至上的怪圈里，人们的精神世界已经沦落成乌七八糟闹闹吵吵的市场。这让我想起黑格尔的一句话："一个没有形而上学的族群，就像一座没有祭坛的神庙。"没有祭坛，就是没有朝拜的方向，没有道德的约束。也许，两个学生，信仰还没有形成，肉体和物质的感官超乎寻常地膨胀，逼他们放弃物质快感，把精神当祭坛，去追求看不见摸不着的灵魂愉悦，他们会吗？让他们放下手机的画面，打开《论语》，读那段"礼之所至，和为贵，先于王道，斯为美。大小由之，未之可行，知和而和，不以礼节之，亦不可行也"。他们会用那新款宽屏手机砸向我的脑袋。我来长发是来扶贫的，是来"深扎"的。不是来领受"砸脑袋"的。不去管他。反正，在此之前，我对长发是陌生的，就像对全世界每个角落里众生的陌生一样。我故乡的乡土是我的故土，长发的乡土不是我的故土。我在他乡，在他们这片乡土之上行走着的他乡的人，我没必要为他乡担忧。

可不担忧行吗？来长发快两年了，我从办公室的案头到百姓的田头，从北京的红地毯到村部的咸菜条，从朱熹的半亩方塘到村部的半铺小炕，从七里介的界碑到东辽河大坝上那个土墩，我用我的双脚临摹一个学人的使命，用我的脚印描绘我本人的乡土宿命，用我的脚步丈量乡村伦常的寿命。我得到的却是，两个"八九点钟的太阳"，躲开父母，明目张胆肆意妄为地挥霍着自己的灵魂。这种打击，让我似患了肠梗堵。是啊！礼之所至，和为贵，先于王道，斯为美。老祖宗那么看中"礼"，把它放在"王道"之前。两个"祖国的未来"无礼，我不能"知和而和"了，要"以礼节之"，裸着身子给他们的父亲打电话，告诉他们刚才发生的一幕。家长沉吟，茅台卖不过酒鬼，江小白不如贾小伟，把手机砸了，短视频照样传播。我无力地放下电话，奇怪的是，肚子里那团气自己走了，大概是嘲讽我这个"百无一用"的家伙太无能，附着在你身上也起不了丁点作用，临走还嘲笑我：小队长家的未来你都没办法，还有脸惦记祖国？

宅 基 地

冯小刚编导的江苏作家赵本夫作品《天下无贼》家喻户晓，比照而言，我更喜欢赵本夫的《逝水》。赵本夫评价《天下无贼》是"像童话，类似肥皂泡"的作品，而对自己另一部中篇小说《逝水》的评价却显得深沉许多。《逝水》是我三十年前看到的作品，在《钟山》杂志上，至今记忆犹新，小说写的是南方有个叫赵集的村子，原来的十六户人家，共用一个小水塘，生活和灌溉。多少年都没变过，无论是改朝换代，还是各种风潮，赵集一直生活安定。可后来包产到户，水塘也分成十六段，随着人口繁衍，十六户变成了三十户，水塘也越分越小。和水塘一样变小的是人心，兄弟之间因为几棵秧苗动了手，邻里之间因为半垄地不再说话，水塘的水不断下降，到最后没水了。赵本夫在小说结尾处是这样叙述的：

"塘干了，干裂的塘底，躺着几条黑鱼干，黑鱼的眼睛是最先干枯的，黑洞一样盯着天空，妈的！塘干了。"赵本夫是一名极具使命感的作家，作家的责任就是发现，赵本夫很早就发现了"危机"，这种危机不仅是"水塘"，还包括大自然中的许多，当然，最主要的还是人心。

三十年以后的今天，危机更加明显，不仅是自然危机，还包括乡村危机、城市危机、社会危机、信仰危机等等，危机无处不在，比如农田危机。

近几年，中国农田锐减。首先是公路建设方兴未艾，高速、国道、省道、县道乃至村村通田间砂石路等，诚然，道路交通是现代化建设必不可少的先决条件，要想富先修路，这是亘古不变的规律。道路交通占用农田，就像在脑管不畅在脑洞里安装动脉一样，是推动文明进步的方式。还有一个造成农田锐减的元素，农村宅基地。尽管农村人口流转，宅基地并没有减少，又因为宅基地的商品属性，价值越来越高，人们都在想方设法争取获得，只要分家，只要顶门立户，就要按相应规定给批宅基地"立户"，甚至为了"立户"闹假离婚，钻"农村最低生活保障"的政策空子，要"有地方住"，造成屯落一扩再扩，不断挤压着农田。三十年前五六十户人家的屯落，现在几百家。三十年前间距五公里的屯落，现在接近手拉手，而常住人口，还不及宅子多，空宅裸院占用了大量农田，向"十八亿亩红线"靠近。

还有一种宅基地也在扩大，这种宅基地实属向着文明的反方向。

在乡村广袤的农田里，孤坟荒冢随处可见，两座、三座、四座聚拥一簇，形成坟茔地。村落老户，都有固定的坟茔地，埋着三代、四代祖先。但凡有些规模的，后代都极尽所能地维护着祖先的阴宅。殷实一些的人家，给祖先立碑给茔地植树。如果有了官宦，无论是小乡长还是小股长，都把自己的荣耀归属祖先的荫庇，有句话叫"祖坟冒青烟了"，大都让茔地气派，树木葱郁，高大浓阴，在平展展的田畴，显得突兀气派。随着第四代、第五代、第六代"入住"，人口增加，阴宅也一点点向外扩张。当然，明目张胆的扩张是不允许的，但完善法治需要过程，在这个过程中总能找到办法。最有效的办法是责任田交换，于氏后人把责任田置换到于氏坟地周边，刘氏后人把责任田置换到刘氏坟地周边，自己家的责任田，向外扩出三垄两垄，既不显眼，也没法可究。问乡、村干部，回答更直接，南方用钩机掘坟被追责，剜坟掘墓的事，谁干？正经事管不过来，谁去管"那个闲事"。

阳宅好办，毕竟是和利益挂钩的，按照当下流行的说法"靠钱能办的事都不是事"，而且，国家提倡的小城镇建设，城乡一体化，农民感受到了城市生活的优越，自然就会对乡村生活淡化，村庄合并也仅仅是时间问题，阳宅变良田也不会为期太远。问题是，阴宅怎么办？剜坟掘墓，不仅是"闲事"，还是做损的事，可这种"闲事"或者"做损"的事没人管，就任凭它无限地发展下去吗？如果真是那样，几十年几百年以后，第六代、第七代、第八代都往坟茔地挤，那就不是"红线"问题，而是小小寰球，能否载得动这么多坟丘了。

瓶　　颈

农村改革以来梨树县有两个经验引起全国轰动，第一个是村民选举经验。二十世纪九十年代中期，国务院农村工作领导小组、国家农业部等政策决策部门组织专家先后多次到梨树县调研，把梨树县北部某乡"海选"经验推广全国，既后来的"村民选举制度"。在长发村，沿用这个制度到现在，这届村委会已经是第三届通过选举产生的村民领导组织。按照老霍的说法，这届村委会是经过选举产生的第三代领导人，已经十六年。十六年，让人吃惊，村民选举制度已经沿用了三十年，老霍他们就在届上十六年，占了一半时间。按照村委会"选举制度"规定，每三年一换届，也就是每三年进行一次选举，那么，老霍他们这届还处在"第三代"的班子，应该是五届了，下一届选举可能还要连任下去。原因不在自己，而是贫困村实在难以产出接班人。

梨树县还有一个经验在全国最先推动，几年前央视一频道播出的电视剧《阳光路上》，取材于梨树县农村"专业合作社"，引起了广泛关注。后来全国各地都来梨树县农村合作组织取经。再后来，中央一号文件多次提到农村合作经济组织（简称合作社），并鼓励发展。于是，全国各地"合作社"雨后春笋，最多时达到了五百万家，而且，不仅是农村，城市也开始了"合作"运动，金融业里出现了"资金互助合作社"，服装业里出现了"纽扣交流合作社"。合作社的发展成为一种新的经营形式。长发村也有合作社，叫"蔬菜合作社"，据说刚成立了两个月就流产了。原因是长发村村民都是实打实的农民，而不是菜民。

两个出自本家的经验，一个在全国推广了三十多年，一个推广了十五六年，在长发村却都遇上问题。因为长发村是贫困村。

长发村贫困的原因是因为人均两亩地的土地资源配置，而造成人多地少局面的还要追溯到二十世纪六七十年代梨树西北地区局部人口迁徙。

闯关东、走西口、下南洋和现在农民工进城是中国历史上的四次人口大迁徙。长发村却经历了五次。梨树县是产粮大县，粮食产量连续十五年排在全国前五名以内，位于东辽河流域的东北部的各乡镇，占据着黑土地的优势，早年是梨树县粮食集中产区，长发村就在黑土带上，伪满洲国时期，这里的有机土质曾经让日本人垂涎，一九四三年，日本开拓团在这里修建东北四大灌区之一的梨树灌区。而位于梨树县西北部的各乡镇，处于科尔沁草原向松辽平原过渡的丘陵带，连接着八百里瀚海，贫瘠的碱化土沙质土被人们称作"梨树北大荒"，二十世纪七十年代末期还靠"返销粮"度日，当然羡慕东部。于是，西部人口开始向东部转移，形成了长发村的第四次人口迁徙，造成东部人口密度增加，土地等资源被西部迁徙过来的人口分占，形成了人多地少的不平衡。

现在，长发村正经历着第五次人口大迁徙，人口密度和土地资源的严重不对称，使得长发村贫穷的根子无法拔除，只好去城里打工。长发村一千九百五十一位村民，留守长发村的不足八百人，差不多都是老弱，所以，老霍他们这届村委连任了十五六年，还将连任下去。极少的土地用于大田，很少有种植蔬菜的空间，包括所谓的菜园子，也都种植着玉米，种植蔬菜是长发人的奢侈，所以，所谓的"蔬菜合作社"，不流产就怪了。

长发村正面临着新一轮村委会选举，上级派了第一书记，肩负着培养接班人的职责，但有文化的青壮年都外出谋生，没人稀罕当这个破落村的掌门。还有农村土地确权，给农民吃了个定心丸，但紧接着就要面临土地流转，土地流转肯定要给农民以更多的实惠，也会给农民增加更高的收入，但没有合作组织，谁有能力接过流转重任？村委会如何更新换代和建立起一个有能力的专业合作组织，是摆在长发村面前的主要问题。

故　乡

　　我从乡下来到城里，尽管和乡下老家距离不远，但我也算有了个故乡。自那以后，老家的土、老家的人一直让我眷恋不忘，这大概是每个离乡人共同的乡愁。我的作品《乡间百事》《北望家园》《玉米时代》等，看看名字就能看出故乡情结有多么重。娇小剔透的表嫂、跳大神的于三娘、童年伙伴末葫芦，他（她）们的面孔时常出现在梦中。我的故乡在梨树县靠山乡一个叫桑树岗子的自然屯，每每想起她，眼前就会出现"狗吠深巷中，鸡鸣桑树颠"的情景，随之而来的就是"久在樊笼里，复得返自然"的渊明老哥境趣，以至于给自己规划的退休以后生活就是"返自然"，为此和妻儿闹翻。那是我的第一故乡。六岁到九岁的三年时光，我们家迁徙到能实现"有高粱米粥"梦想的郑家屯南郊一个叫跃进的地方，那是我第一次离乡，三年时间"有高粱米粥"并不是我的梦想，什么时候回乡却成了我的梦想，后来"有高粱米粥"的梦想破灭，我们家迁回，我实现了我的"梦想"。这样看来，那个留下我三年人生足迹的地方，该是我的第二故乡。但第二故乡是在我回乡基础上形成的，提不起任何思念，只能把它模模糊糊地挂在心的边缘。我的长篇小说《离乡记》就是叙述那片土地的人和事，修改多遍也不为编辑们认同，大概就是因为我把那片土地挂在心的边缘吧。

现在，我即将又有一个故乡。这么说有些凄凉。

故乡，是指离开后方成为故乡。

二〇一九年，脱贫攻坚决胜年，举国上下都在为打赢这场战役使劲，梨树县冲锋在前，重新制定了决胜年扶贫攻坚规划，其中有一条"双精准"，不仅帮扶对象要梳理"精确"和"准当"，找准"真贫"的目标，对于扶贫主体责任人，也就是扶贫工作队成员选派也要"精确"和"准当"，达到"真扶"的目的。

我在长发村两年，在此次"双精准"筛选中，因为年岁被筛了下来。我没有任何怨言，只是有些不舍，我就要离开了，离开村会计老王，离开贫困户邵立财、李玉环、王兴义，离开那铺一米五的小土炕，离开刘树海家空荡荡的鸽笼子，离开三社身后的小土地庙，离开吕谦家房顶淡蓝色的炊烟，离开东辽河边那个常坐的土墩，还有暗夜里照亮我前行脚步的长发村百家灯火。